ふたりは一人

NAKASATO Kanako

中里かなこ

文芸社

まえがき

文芸社から私の自分史が出版されたのは、二〇〇九年でした。一冊目の自分史は、私の青春時代の物語です。若い時代と言えば箸が転んでも、おかしく、楽しいものですが、私の場合はそうではありませんでした。

二十二歳のときから七年五か月にわたって自分に降りかかってきた思わぬ試練は、私にとって憂慮すべき事態となりました。いわれなき結婚差別を受けて、周りの人々の言葉に翻弄されながらも、私の心は納得できませんでした。そうは言うものの、身近な人々が言うように、私の存在価値はあるのだろうか、私にとって生きる目的はなんだろうかと、心が揺れる日々……。

その答えを見つけるまでの道のりは、とても険しく長く、魚の小骨がいつも喉に突き刺さっているような状態でした。どうしたら自分の結婚問題を解明できるのか、たくさんの本を読み漁りましたが、解答はどこにもありませんでした。

けれども私には存在価値がない、という人たちの言葉に私は勝利したいのです。『聖書』が解明してくれました。聖書は人間の尊厳を高らかに謳い上げています。宿命や運命さえも変えることができるのです。人格や性質も真新しくなるのです。不可能を可能にします。実現できないと思っていた結婚も可能となり、念願だった家庭を持つことができました。

ついで、私は二冊目の自伝を執筆しようと思いました。続編の題名は『ふたりは一人』としました。これから書く記録も、私たち夫婦の、愛と信仰の歩みを綴ったものです。

夫婦の中心に、イエスさまの介入があればこそ、私たちの結婚は継続できたのだと思います。何度も切れそうになる夫婦の糸。問題にぶつかる度にすれ違う感情のもつれ。信仰者であるからと言っても、人格の未熟さゆえに、共有できない心の中の行き違いなどがありました。泣いたり笑ったり、怒ったり不機嫌になったり、慰めや励ましもあって、悲喜こもごもの人生でした。その度に、立ち止まっては、イエスさまの言葉に耳を傾けたものでした。祈ることによって、問題を克服し知恵が与えられてきたのです。そうして、忍耐、寛容、誠実、許し、助け合いなどを身につけてきました。

家庭を築くとはどういうことなのか。夫婦のあるべき姿とは、どうあらねばならないのか。欠点や失敗、良かったことも、悪かったことも、体験を振り返りながら綴ってみようと思います。

目次

第一章　「光の中で」

男がいて、女がいる

私たちの住まいは、東京・新宿区岩戸町八番地にありました。地下鉄の神楽坂駅から広い通りを横断して渡ると、なだらかな坂があります。五メートルほど上ると、小さなお寺がありました。境内にある古びた木造二階建のアパートが私たちの住まいでした。こんもりとした植え込みがあり、車道の音は遮断されるので、とても静かでした。

二階の部屋の窓からは、お寺の庭が見えました。まるで自分の庭のように見える。大きな樫の木が小さなお寺をおおうように立っていて、一〇メートルはあったでしょうか。

住まいは、夫が独身時代から住んでいた四畳半の、一間の部屋でした。私と会社で知り合う前の夫は、この狭い部屋で注文紳士服の仕立てをしていたのです。窓ぎわに、使い古した裁ち板と、ミシンと白黒のテレビが置いてあります。なんと殺風景な部屋でしょう。私の荷物は、独りのときから愛用してきた、鏡台と本棚だけ。身だしなみは、いつもきちんとしていたい。そんな願いから、鏡は長方形で大きく引き出しも三段式でした。赤くて丸い椅子は、私のお気に入り。その夫の部屋に化粧台と本棚が並びます。

部屋の右側は押し入れ。窓際の奥は小さな台所なのでびっくりしました。なんだか私たちは、ままごと遊びのような気分になってしまい、思わず笑い合ってしまいました。

窓からは、朝の光が差し込んできます。私は光を浴びながら台所に立つと、さわやかな気分です。身動きがとれないほどの台所でしたが、小柄な私には似合っていたのですんなり納得しました。みそもしょうゆも、砂糖も塩も目の前にある。しゃもじだって、お玉だって手を伸ばさなくてもよかったのですから……。

小さな鍋をかけ、豆腐とわかめのみそ汁を作りました。あっという間に出来上がりました。鍋を下ろして小さなやかんをかけます。沸騰した湯が吹きこぼれ、湯気で台所が活気づいています。こんな朝の喜びをなんと表現したらいいでしょう。

私の荷物が入ったことで、部屋はいっそう狭くなり、部屋のまん中に折りたたみ式の四〇センチほどの、お膳を出しました。膳の上には少しのお新香、みそ汁、二つの茶碗を並べるだけの質素な食卓でした。それが二人にとっては、小さな幸せ小さな満足、イエスさまを信じているだけで心は満ち足りていたのです。

後片づけをしながら、ふと窓の外を見ると、大きな樫の木がしっかり大地に根を張り、枝葉は翼のように大空に向かって大きく広がっています。樫の木は、これからの私たちの将来を象徴しているのだと思ったら、希望と期待で胸が弾みました。

「何か良いことが起こりそうね」

「そうだよな」

そんな話をしながら、夫になった中里太一さんの言葉を思い出していたのです。私は夫と結婚する前は、瀬川圭一郎さんと交際していました。ところが私が同和地区出身という、ただそれだけの理由で、彼の両親の大反対があって、差別の壁が立ちはだかったのです。この問題で七年五か月、苦しんでいたころ、中里さんと出会ったのです。私の苦しみを知った彼は、こう言ってくれました。

「その男との結婚はやめてぼくと結婚しよう。結婚は人格と人格の結びつきなんだからね。まわりの目なんか気にすることはない。個人の意志が尊重されるべきだよ。ぼくは広島かなこさんと結婚するんだからね。もう苦しんだり、心配したりすることはなにもないよ」

と私を慰め、結婚の申し込みをしてくれました。中里さんの深い愛情は、圭一郎さんとの行き詰まっていた交際に、風穴を開けてくれたのです。その風は、深緑を吹き抜ける気持ちの良い爽やかな風でした。いま太一さんの言葉を思い出すと、胸に熱いものを感じないではいられません。


一九七二年五月三日、若葉が芽吹く季節に私たちは結婚したのです。東京・杉並区にある、小さな教会で結婚式をしました。土屋牧師の言葉も思い出していました。それは、神と人との前に交わされた誓いの言葉でした。牧師の力強い言葉がありました。

「中里太一。病めるときも、健やかなるときも、あなたは妻を愛しますか」

「はい、愛します」

張りのある男らしい声が、私の耳に快く響きました。こんどは、牧師の声が私のほうに向けられました。

「広島かなこ。病めるときも、健やかなるときも、あなたは夫を愛しますか」

「はい、愛します」

小さな声でしたが、私ははっきりそう答えました。牧師の目がなぜかまた私にそそがれ、「夫を愛しますか」と再度問われているようでした。このときの私は、将来なにが起こるのかは何も考えてはいませんし、わかるはずもありません。強いて言えば、健やかなるときのことだけを考えていたように思います。

イエスさまに対する信仰をもって、私は二年半、彼は八か月たったばかりです。二人の人格は、これから先、神からの訓練を受けながら成長していきます。成熟したクリスチャンになるまでには、一生かかるでしょう。家庭を築いている友人は、自分の体験を踏まえながら、こう話してくれました。

「かなこさん。本当の夫婦になるには、時間がかかるわね。性格の違う者同士が一つ屋根の下に住むのだからね。結婚したと言っても、その日から、お互いに理解できないわ。分かり合うためには、歩み寄りが必要なのよ」

結婚したばかりの私に、なんだか雲行きの怪しい話は禁物だと思いつつもあえてそう言ってくれた友人の助言に頷きながら、私の心は複雑でした。

（私の前途には必ずよいことが起こるわ）

クリスチャンになってからの私は、確かに新しく生まれ変わりました。どんな問題が起こっても肯定的に、前向きに、積極的に考えるようになっていたのです。過去はもう振り返らない。失敗してもくよくよしない。心配をしなくなったのも、心の重荷をすっかりイエスさまのもとに下ろすことができたからです。聖書にはこう書かれています。

「ですから、あすのための心配は無用です。あすのことはあすが心配します。労苦はその日その日に、十分あります」

（マタイの福音書六章34節）

私のいちばん大好きなこの言葉を日毎の糧に、結婚生活が始まったのです。結婚生活を継続していくためには、伴侶に対して誠実でありたい。隠しごとやうそをつかない。気負うこともなく、てらうこともない。自然のままがいいのです。

結婚のあり方については、人によってはさまざまな考え方や、条件などがあるようです。ですが私たちが結婚したときは、なにも持ち合わせていませんでした。一人の男がいて、女がいる、だけでした。ただし、一つだけ条件がありました。それは目に見えるものに頼らない。目に見えない価値観こそが同じであればいいということでした。

イエスさまを信じている二人は、どんなときでも、聖書の教えに忠実でありたいのです。神と人に仕える家庭（クリスチャン・ホーム）を築くことが私の願いでした。夫は二十八歳、私は二十九歳です。

私は結婚する前、夫を信仰に導きました。結婚したあとも、信仰者として夫の成長を見守っていきたい。夫がイエスさまに喜ばれるような人格を備えるようになり、神と人とに役立つ者になってほしい……これが結婚当初からの私の願いでした。

仕事においては、お客様の好みに合っている洋服を作り、自分のお店が持てたらいいな、と思いました。私たちの心は満たされていたし、一間の部屋が私にとっては、安息の場所となったのです。この小さな部屋で安らかに眠り、目覚めることができる。そう思ったら、これに勝る幸せはありませんでした。

「末長くよろしくね。頼りにしてるわね」

「まかせておけ」

と、夫の胸の温もりに幸せを感じた、初夏の暖かい日の夕暮れでした。

夫の居場所

新婚三日目、静かな境内に明るい声が響きました。

「中里さ〜ん。安いスーパーこの近くなのよ。いっしょに行きましょう」

窓から顔を出すと、階下のまり子さんが庭に出て、上を見上げて笑っています。まり子さんはアパートの住人で、一階と二階を借りていました。お寺の大家さんとも親しくしているようです。私たちが引っ越してきた日、彼女のほうから気持ちのよい挨拶をしてくれました。天気のよい日は、毎日のように洗濯です。四人分の衣類を二階の窓に干して楽しんでいるようでした。丸顔でふくよかなまり子さんは、誰にでも気軽に声をかける親切な人でした。

夫も独身時代、なにかと面倒を見てもらったそうです。私たちは善い人に恵まれて、結婚生活の歩みを始めました。

五月上旬、空はどこまでも青い。境内の樹木の青葉が目にやさしい。こうしたゆったりした気分で、庭の奥行きを楽しむことができます。ようやく結婚したんだなあと、感慨深く、長い苦しかった旅路は終わったのです。

夕暮れが迫るころ、私は夫の帰りを待つのが楽しみの一つになっていました。夕食は、夫の好きな金目鯛を甘めに煮付けて、用意しました。夫は九州育ちで有明海の魚の美味しさを知っているようです。

「九州の魚はね、新鮮でとても旨いんだ」

交際しているころ、よく話をしてくれました。魚であれば、どんな種類であっても文句は言いません。夫は舌の上で魚の身を転がしながら、小骨と身をきれいに選り分けて食べています。皿の上には骨と小骨が残っているだけ。

「上手に食べるわねえ」

幸せな気分に浸りながら眺めていると、夫は嬉しそうに言うのです。

「今晩の夕食は特別に美味しかったよ。魚の身もよくしまっているし、味付けがちょうどいい。うん、魚の身によく染みこんでいる」

「いったいどうしたの」

夫は緊張したり、言い淀んだりするとき、くちびるの左端を上げる癖があります。上機嫌な顔といい、旨かったと何度も誉めます。

(何か隠していることがあるのかな)

「実はねえ……言いにくいんだけど、飲み屋さんに借金が残っているんだ」

なんということでしょう。私は「えっ」と言ったきり次の言葉がでてきませんでした。楽しい気分が吹っ飛んでしまいました。私はいくら生活が豊かでなかったとは言え、お金のことで面倒を起こしたことはありません。人間は一つのことがだらしないと、ほかのこともほとんど同じ調子で進んでいくようです。一事が万事ではありませんが、そうでないことを願っていました。几帳面な私は、人との約束はきちんと守ります。

「借りたものは返さなければならないでしょう」

「……」

「それでいったいどれくらいあるの」

部屋の空気は重苦しくなり、夫の声の調子が落ちました。

「そうだなあ。四千円と少しだ」

私は即座に答えました。

「明日返しに行きましょう」

私は問題が起こると素早く対応します。金額は多くても少なくても、借金をするというのは負債を背負うことになり、過去を引きずることになるからでした。夫の話を聞いたとき、信仰を持ったからと言っても、夫の生き方にはまだ問題があるな、と実感しました。

数日もたたないうちに、性格の違いがはっきり現われてきました。私は過去を引きずって歩くのは、好みません。イエスさまを信じた日からは、前向きに明るく、未来に向かって歩いていこうと、決心したのです。


私たちは交際していたころ、同じ職場で働いていました。夫が入社してきたとき、一目見て、

(この人にはイエスさまが必要だわ)

彼の生活態度が荒んでいるように見えたからでした。話を聞くと競輪にはまってしまい、そこから抜け出せないで苦しんでいると言うのです。彼の弱さからきたものかもしれません。そのような状況に追い込まれたのは、それなりのわけがありました。

夫は生まれてすぐに母親を病気で亡くしました。産後の肥立ちが悪かったのでしょう。夫は祖母に育てられ、母親の胸の温もりも知らずに育ちました。

小学校に行くころには、大好きだったおばあちゃんもこの世を去り、どんなに寂しい思いをしたこと

でしょう。

なぜ自分にはお母さんがいないのかな。ほかの子どもたちと比べてみたら、悲しみや怒りがあったのかも。世の中は不公平だとも思い、ひねくれたかもしれません。寂しさや孤独感もあったでしょう。自分でも気づかない心の傷もあったのではないでしょうか。

青年期になると、今までの生い立ちを賭け事でまぎらわそうとした気持ちも、私にはわかるような気がします。そのような夫の心の傷をだれが癒してくれたでしょうか。だれも癒してくれません。夫はそのような環境で二十数年間も過ごしてきたのです。当然、精神は垢とよごれに塗《まみ》れて、蝕まれていたのです。

（イエスさまなら、この人を助けることができるわ。私の心の傷を治してくださった方ですもの）

確信があったので、夫に話をしました。

「私の信じているイエスさまを、あなたにも紹介するわ。イエスさまって、すごい方なのよ。深みにはまってしまったあなたを、助けることができるわ。ただ、信じるだけでいいのよ。あなたの古い過去は消え去り、新しい人に生まれ変わるのよ！」

私は熱心に伝えました。でも初めは信じようとはしませんでした。私は諦めないで話したのです。そのようにして夫もついに、イエスさまを信じたのでした。

するとどうでしょう。奇跡が夫の身にも起こったのです。生活態度が見違えるようになり、職場の同僚たちも驚いていました。

放蕩《ほうとう》に身を持ち崩していた彼が、賭け事をきっぱり止めたのは言うまでもありません。さっぱりした表情で、夫は私にこう証言しました。

「信じる者は救われる。とはこういうことだったんだね。イエスさまのおかげだよ」

人間の心の中には、ぽっかり空いた空洞があります。その空洞には、人では満たすことのできない隙間風が吹いています。その空洞をイエスさまはたっぷりの愛情で満たしてくださったのでした。

それはそうと夫は信仰をもってから、まだ八か月しかたっていません。八か月ではまだ一人で歩くことはできないのです。誰かの手助けが必要です。その助け手となるのが、妻である私の役割だと思っていました。新しく生まれ変わった二人です。聖書にはこう記されています。


「だれでもキリストのうちにあるなら、その人は新しく造られた者です。

古いものは過ぎ去って、見よ。すべてが新しくなりました」

(コリント人への手紙第十五章17節)


お金を借りた話にもどります。夫と交際していたころ、私たちはよく神楽坂の街へ出かけました。彼は私を誘って歩道を歩き、中華料理、お好み焼き、焼き鳥のお店などに通いました。

「焼きそばの美味い店は、あの店なんだ。安いし、盛りも多い。今度はそこに行こう」

ところが、そのころの彼は居酒屋さんにも通っていたようでした。彼は憎めない性格なので、お店のおかみさんも、仕方なく貸してくれたのでしょう。

夫は結婚したので、安心したのかもしれません。それとも、早く話しておいたほうがあとでわかったとき、揉めないで済むと思ったのでしょうか。

「ほかにも隠していることがあるのかしら」

「おい、おい、人聞きの悪いことは言わないでくれよ。飲み屋の付けだけだよ。いつ話そうかと悩んでいたのは本当だ。それで今晩、勇気をだして話したんだ。お互いに隠しごとはしないって、約束は守ったよ」

「そうだったわね。正直に話してくれたんだから許してあげるわ」

借金のことで、目くじらを立てるのは止めよう。結婚前の借金なのだから、自分にそう言い聞かせました。

夫の本職は注文紳士服の仕事です。このころは、私と知り合った会社に勤めていました。長く続ければ給料も上がるし、私という伴侶を養っていけると、夫は判断したのでしょう。

夕食をとっているとき、いまの生活について夫に聞いてみました。

「結婚して良かったと思う」

「うん、そうだなあ。帰ってくる居場所があるのは、とてもうれしいね。部屋に明かりがついているのを見ると、ほっとするよ」

そう答えながら、夫はくつろいでいました。

早くも不協和音

私は結婚したのを機会に会社を辞めました。ひと区切りしたかったのも理由の一つでした。私にとっては、長い間、結婚差別のために苦しんできたあと、ようやく辿り着いた結婚でしたから。

結婚は若い二人が未来に向かって、幸せな家庭を築きあげていくものです。それは出発であって、最終目的地ではありません。

けれどもこのころの私の意識は、終着駅にたどり着いたような気がしていたのです。それはまるで長い荒波をさまようような航海を終えて、静かな港に着いた船のようでした。しばらくの間、何も考えないでぼーっとしていたかったのです。

イエスさまに対する信仰を持ってからは、毎日、安心してぐっすり眠ることができます。心の底から安心して生きられるようにもなりました。それが私の唯一の喜びでした。朝の光とともに新しい一日が始まります。ご飯とみそ汁、目玉焼きとのり少々の朝食を終え夫を送り出すと、私の自由な時間が夕方までもてるのです。私は家にいるのが好きでした。家にいて雑用、掃除、洗濯をこまめにし、食事作りも気楽にできる。世渡りの下手な二人ですから、精神的な面でも、どちらかがゆとりを持たなければ、家庭生活は維持できません。主婦としての私でいたほうが、夫のためにもなるのです。

「部屋に明かりがついているのを見ると、ほっとするよ」

と夫が言ったように、夫がゆったりできる居心地のよい場を備えるのが、妻である私の役目です。

それにしても、小さなわが家の家事は、すぐに終わってしまいます。家にいるので時間に追われることもありません。私は畳に寝っ転がって、手足をのばして深呼吸し、時間に縛られない自由を満喫していました。

午前中は、新聞を読み、読書をします。活字の好きな私には、至福のときです。このような時間のたっぷりあるときに、私はもう一度、『橋のない川』を読み返してみようと思ったのです。自分の結婚差別問題を解決するために、むさぼるようにして読んだ作品です。

この作品の主題は、いわれなき差別を受けてきた青年たちが、人間としての尊厳を取り戻した内容です。そのために団結して立ち上がり、全国で解放運動を展開してきた歴史を、大河小説の形式で記録したもの。作者は住井すゑさんです。一九五八年、この大河小説に着手されました。私の部屋には、いまも『橋のない川』(全七巻)があります。

読み返しながら思いました。

人生の川は必ず「枯れる」という時期があるということです。生きていればどんな災難に出会うかもしれません。病気、事故、離婚、失業、家庭の不和、子育ての悩みなど、私のように納得できない不条理に見舞われるかもしれません。失望し落胆もします。この世は天国ではないのです。

でも、どんな苦しみの境遇にあっても、それは人生の通過点なのです。トンネルなのです。トンネルには必ず出口があり光が見えてきます。トンネルは前向きに考えると、幸せになるためのいちばん短い道のり、最短距離なのです。

私の悩み苦しんだ七年と五か月は、希望に導かれるための最短距離だったのでした。トンネルの中をあきらめないで、忍耐強く歩き続ければ、必ず出口があり光が見えてくるものなのです。私にとっての橋のない川には、

（もう少しの辛抱なのよ。くじけちゃいけないわ）

そう励ますもう一人の私がいたのでした。

この作品を読み返したとき、いまは「橋のない川」であっても、忍耐強く歩き続ければ、必ず「橋はかかる」という希望についても、教えている作品だと思いました。


読書が終わると、私は神楽坂の街を散策します。買い物を済ませて帰ってくると、まり子さんと世間話に花を咲かせます。時間がのんびりと流れていきました。

結婚してから一週間が過ぎました。日曜日のその朝は、私たちにはいつもとは違う緊張感がありました。東京・杉並区にある教会に夫婦として、最初の礼拝に出席するのですから。

結婚式を執り行ってくださった、土屋牧師と奥さまと、式のお手伝いをしてくれた友人たちに、お礼の挨拶をしなければなりません。

私は出かける支度をしながら、夫に語り掛けました。

「あなた、大丈夫なの？　ちゃんと挨拶できるの？」

夫もネクタイを結びながら、

「いやあ、緊張するなあ。でもなんとかなるさ」

そう言いながら、私をはらはらさせるのが、いつもの夫でした。行き当たりばったり、出たとこ勝負の楽天的な夫の性格は少しも変わっていません。夫は三日前から挨拶の文章を書いていました。どんな挨拶文を書いているのか気になったので、私は一言つけ加えました。

「よけいなことは何も言わなくていいのよ。あのーとか、そのー、えーという言葉はいらないの。書いたままの文章を、読み上げるだけでいいのよ。気楽な気持ちであいさつしてね」

私たちは不器用ですから、大勢の人の前で話をするのが苦手なのです。牧師の聖書の話と礼拝が終わり二人揃ってマイクの前に立ちました。夫は胸のポケットから、何回も練りあげて書いた用紙を取りだし、目を通していました。周りは静まり返っています。ちょっと、固くなっているような夫の挨拶が始まりました。

（大丈夫かしら）

私の心もわずかながら揺れています。ところが私の心配していた通りになったのです。

「えーっ、私たちは一週間前、五月三日に教会で結婚式を挙げました。土屋先生に司式をお願いし……」

ここまで話したら、次の言葉が出てこないのです。夫は胸にしまっていた用紙をもう一度取りだして、次は何だっけと言わんばかりに見ています。静かだった教会堂に、どっと笑い声が起こりました。その笑い声で緊張が解きほぐれたのか、夫は頭をかきながら、

「どうもすみません。その……皆さんにお手伝いをしていただき、本当にありがとうございました。……頼りない二人ですが、今後ともよろしくお願い致します」

なんとか夫の話が終わったあと、大きな拍手が起こりました。教会の皆さんは、喜んで応援してくれたのです。会衆に目を向けると、土屋牧師も気兼ねも遠慮もしないで、笑っておられるのです。その笑い声は、おぼつかない私たちを祝福しているかのようでした。その反面、私の気持ちは、複雑なものがありました。

(あーあ、たった二、三行の文章でつっかかってしまうなんて……でもずっこけて、まわりを笑わせるのだから、それが夫のいいところかもしれない。やっぱり私がついていなければ……頼りないのはどっちなの)

私たちは熱心に礼拝に通いました。

三か月が過ぎたころ、夫に異変が起きはじめたのです。私が教会へ行く支度をしていると、夫がこう言ったのです。

「今日は、休むよ」

「あらっそおう。じゃあ、私だけ行ってくるわね。早く帰ってくるから、ゆっくり休んでてね」

そう言って、私は出かけましたが、電車の中でも「きょうは、休むよ」の言葉が気になりました。

（いったいどうしちゃったの。結婚してからはいつも同じ歩調で、同じ目標に向かって歩いてきたのに。こんなに早くも不協和音が鳴り響くなんて……）

どうしたら

「日曜日は教会へ」がいい習慣となり、行動することも、二人の感情を共有することにおいても、同じでいたかったのに……私の理想と期待が破られそうです。

私の人生は、先の見えない不安との闘いでしたが、イエスさまは、私をその不安と苦悩から解放してくださったのです。

闇から光の中へ、絶望から希望へ、悲しみは喜びに変わり、挫折から勝利へと、一八〇度、方向転換をしたのでした。ですから、私が信仰を持ってからの日々は、精神的にとても安定していたのです。

礼拝は、牧師が講壇に立ち、初めに聖書の個所の朗読があります。そのあと、聖書の言葉の解き明かし、説教が語られます。礼拝に集っている信徒一人一人は、聖書の言葉に耳を傾け、自分の心の糧とし明日への希望とするのです。

説教が終わると、献金をして、牧師の祝祷（会衆のためにする祝福の祈り）があり、礼拝を締め括ります。

ですから、私にとっては、礼拝を守るということは、私の生き方の根幹なのです。聖書を読み、祈り、キリストの証人でもあります。

また礼拝は、私たち夫婦の精神的なよりどころでもあります。さらに、聖書の教えから、外れていないかを、軌道修正をするところでもあるのです。加えて何よりも、心が休まる憩いの場でもありました。教会へ行くのはイエスさまを礼拝し、感謝の祈りをささげ、誉め讃えるためなのです。イエスさまこそ私が生きる上での命綱なのでした。その頼みの綱が夫の言葉によって揺らぎ始めたのです。私は前向きに対処しなければと考えました。

そうは言っても、信仰生活は十年二十年と長距離を歩いていくようなものです。ともすると、途中で息切れがするかもしれません。夫もそうなのかな、と思いました。

一方、私のほうは家にいるので、毎日が日曜日のようなものです。自分の好きなことをしているので不満もありません。体力気力ともに充実しています。日曜日は喜び勇んで、教会の礼拝に時間を守って馳せ参じます。

夫は、私を守り養うために、毎日、仕事に出て働いています。一九七二年ごろは、週休二日制ではありませんでした。働きづめの毎日だったので、日曜日はゆっくりしたいのでしょう。一週間の体力について考えてみると、水曜日までは体調もよく、頑張れるのですが、木曜日あたりから下り坂になってしまうようです。土曜日はかなりの疲れがでてきます。そうなると、日曜日は明日に備えて、のんびりしたいという気持ちも、頷くことができます。

そうは言っても、このままの状態が続けば、夫婦の間に亀裂が生じないとも限りません。

私は夫に提案しました。

「ねえ、こうしたらどうかしら。毎週行くのは疲れるでしょう。だから第一と第三日曜日は教会に行く。次に、第二と第四はゆっくり休む。そうすれば教会生活は続けられるわ」

夫はすぐに賛成し、ほっとした表情で、

「それはいい考えだな、本当のところ毎週通うのはきついなあと思っていたんだ」

なにはともあれ、クリスチャン生活は、楽しく過ごすのが原則なのです。

浮上してきた課題を、ひとまず解決し、これから先も、夫と心を一つにして歩んでいきたい。夫婦で礼拝を守ることによって、イエスさまを中心としたクリスチャン・ホームを築くことができるのですから。

「三つ撚りの糸」があってこそ、夫婦の絆は確かなものになれるのです。週四回の礼拝出席を厳守するという、形式にはこだわらずに――。礼拝はどこでもできるのですから。

そんな思いでいたころ。

（さあ、私もそろそろ働こうかな。結婚して三か月間、ゆっくりさせてもらったから）

新たに仕事を探して、職場に復帰しようと思い始めたのでした。その気になっていたとき、私は体調の変化に気づいたので、もしやと思って、一人で産婦人科へいったのです。

医師はにこやかなお顔で言われました。

「おめでたですよ。出産日は来年の四月ですね。月に一度、検診に来てくださいね」

お礼を言って、診察室を出ようとしたら、先生が私の足元を見て、

「靴がちょっと高めですね。かかとの低い靴に替えたほうがいいでしょう。お大事に」

なにかと気遣ってくださったのです。

帰り道、私はお腹に手を当てて、歩道をゆっくり歩いている自分に気づいたのです。まだ見ぬわが子を守ろうとする意識からそうしたのでしょうか。妊娠を告げられたことによって、母性本能に目覚めたのかもしれません。母になる喜びが自然に湧いてきました。夫は早く子どもが欲しいと言っていたので、心から喜んでくれるでしょう。

「授かったわよ。赤ちゃん」

夫が帰ってくるなり、私はその嬉しさを報告しました。

「えっ、本当に！」

夫は目をまるくして、信じられないようでした。

「本当よ。病院へ行ってきたわ、来年の四月ですって、嬉しいわねえ」

「そうか、嬉しいなあ。よかった、よかった」

夫は私よりも感激して、私を気遣い、

「無理はするなよ」

そう言って、もう父親の顔を見せてくれました。

「男の子がいいなあ」

「そうねえ。私もそう願っているの。あなたが時々そう言っていたから、病院からの帰りの道々イエスさまに、男の子でありますようにって、ちゃんと、お願いしておいたわよ」

母親の愛情も知らないで、育ってきた夫は、私という伴侶とともに育児ができる、という期待感が隠しきれません。母親がいないという悲しい体験から、生まれてくる子どもには、そんな思いはさせたくない。そのためにはイエスさまを第一とした生活を送らなければと、決意したと言うのでした。その言葉は私にとって、何よりも嬉しいものでした。

私が妊娠したので、夫との会話がいままで以上に弾むようになりました。話題は育児本を楽しく見ながらです。

六か月目に入ると、お腹も膨らみ始め、胎動しているのがわかります。手なのか、足なのか、腹壁を蹴飛ばしている。腹部の右上がポコポコ膨らんだり、左側がピクピク動いたり、順調に育っているのだと思ったら、安心感で胸がいっぱいになります。

夫は父親になる嬉しさから、疲れもどこかにふっ飛んでしまったのか。毎晩、元気な顔で帰ってきて、私のお腹に手を当て、

「おっ、元気そうじゃないか」

と言っては安心していました。

それなのに、思ってもいなかったことが起きたのです。


「中里さーん。大変、大変なのよー」

階下のまり子さんが、息を切らしながら階段をかけ上がってきたのです。いつもの彼女らしくなかったので、私は、

「いったいどうしたんですか。そんなに慌てて、何かあったの」

なんの気なしに尋ねたので、まり子さんは、

「まあ、のんびりしてるわねえ。このアパート古いから建て替えるそうよ。私たち出されるかもね。大家さんから聞いた話だから間違いないわ」

「そうなの……。出なければならないのね」

「あなたも赤ちゃんが生まれるというのにねえ。突然の話なので困ったわねえ。私たちもどうしたらいいのやら」

話し終わるとまり子さんは、あたふたと階段を下りていきました。やっと落ち着いたと思ったら、こんどは部屋探しをしなければなりません。私は思案に暮れましたが一瞬、閃いたのです。結婚する前、私は杉並区に住んでいました。教会の近くに住んでいたのです。

（そうだわ。あの近くに引っ越せばいいんだ）

食事のあと、夫に話しました。

「教会の近くに住むほうが、子どもに何かあったとき、すぐ相談に行けるわ。ねっ、子どものためにもそうしましょう」

「ところで引っ越す金はあるのか」

「大丈夫よ。いつなんどきなにが起こるかわからないから、ちゃんと用意がしてあるわ」

話し終えると、夫は安心したのか、

「じゃあ、近いうちに家を探しに行こう。阿佐ヶ谷にしよう」

私たちは、阿佐ヶ谷駅周辺の物件を見てまわりました。三軒目の不動産屋さんを訪ねたとき、私たちの生活に適した、一戸建ての家が見つかったのです。閑静な場所にある住まいです。

阿佐ヶ谷駅から家まで六分、家から教会までは五分です。この引っ越しが追い風となり、近くであれば疲れないし、日曜日の礼拝が守れるようになったのでした。

私は七か月のお腹を抱えて、引っ越しの準備を始め、夫は自分が運転して行くからと、車を借りてきました。

ところが借りてきた車を見て私はびっくり。

「どうしてこんなに大きな車を借りてきたの。小型で十分なのに……」

「大は小を兼ねるって言うだろう。見ててごらんよ。二回引っ越ししたからわかるんだ」

「……」

私の驚きに反し、夫の言う通りでした。いつの間にか荷物が増えていたのです。

「要らない物は、全部捨てていきましょうね」

押し入れから出てくる生地や切れ端、型紙の古い物を見てそう言うと、今度は夫がびっくりした顔で言いました。

「とんでもない。捨てる物はひとつもないよ。全部必要なものばかりなんだ」

生地などの切れ端は、私の目から見れば、ごみのように思えたのでした。しかし夫にとっては、仕事のために必要な物ばかりだったのです。

「あら、そうだったの。ごめんなさい」

私は日ごろから、立派な洋服屋さんになってほしいと願っているわりには、夫の仕事をまだ理解していなかったのです。仕事の面でも、互いに理解するためには、まだ時間がかかりそうだとこのとき思いました。

「お世話になりました」

「お元気でね。さようなら」

まり子さんに見送られて、夫の運転する車は、阿佐ヶ谷に向かって走りだしました。一九七二年の十二月、クリスマスが近づいているころでした。

週の初めの日

東京・杉並区の阿佐ヶ谷に着くと、しばらくして、クリスチャンの友人二人が手伝いに来てくれました。

「お手伝いありがとうございます」

彼らは手際よく荷物を運んでくれます。一戸建ての二階の家屋は、奥の六畳まで廊下続き。脇には小物を置く場所があったので、とても便利です。六畳と台所の真ん中に階段があります。上がっていくと、六畳の部屋にはなんと、床の間があったのです。床の間があるのになぜか、風呂場はありませんでした。

一九七〇年ごろの住宅事情は、内風呂のない家やアパートは普通でした。銭湯はいつも人でいっぱい。零時を回っていても絶えず賑わっていたものです。家には小さな庭があり、子どもを遊ばせるのにちょうどいい広さです。こぢんまりとした家の周りは柵で囲ってあります。

家の中が片づいたのは、三日後でした。私は向こう三軒両隣へタオルを持って、挨拶に行きました。お向かいに住んでいる、老夫婦は温厚な人柄で、私の出産を気遣ってくれて、笑顔で申し出てくれたのです。

「なにか困ったことがあったら、遠慮しないでいつでも言ってくださいね。お手伝いさせてね」

私たちは、ここ阿佐ヶ谷でもいい人間関係に恵まれました。

家の中もすっかり片づいて落ち着き、普段の生活が戻ってきました。

土曜日は、日曜日の礼拝の日のために備える日です。掃除を済ませて、明日の食事を調えます。そうするのがいつもの、私の習慣でした。礼拝に備えて心を静め、聖書の言葉に聞き入るためです。

教会はなぜ日曜日に集まり、イエス・キリストを礼拝するようになったのでしょうか。

イエスの弟子たちが、日曜日の朝、礼拝しているのには、それなりの理由がありました。

特別なことが起こったからです。

それは「週の初めの日」に起こり、この出来事を祝うために弟子たちは、日曜日に集まるようになったのでした。「主《しゅ》の日」は週の初めの日です。その日に主イエスが墓からよみがえられたので、主の日と呼ばれ、キリスト教会の聖日、礼拝日となったのです。


イエスが十字架にかけられて死なれたのは、全人類が犯した罪（不信仰）の身代わりのためでした。

イエスは金曜日に十字架にかけられ、息を引きとり、日没に墓に葬られました。

三日目の日曜日の朝、マグダラのマリアと、そのほかの婦人たちは、イエスの体に香油を塗りに行くため、香料と香油を準備しました。

神であるイエスが、人間のかたちを取り、この世で生まれた「新約時代」の墓と埋葬の習慣がありました。それは岩を掘って、部屋のように造作し、石棚の上に遺体を置いて、墓の入口に大きな石を転がして、封印するというものでした。

婦人たちは香油を持って、墓に行ったのです。すると、大きな石が脇に転がしてありました。墓の中に入って見ると、イエスの遺体は見当たりませんでした。なんと、墓は空っぽだったのです！（ルカの三十四章1〜3節）

信者にとって、日曜日は復活の日、救いの完成の日であり、希望と喜びと勝利の日です。

死んだ人が生き返ったという話は、理性では到底考えられない、と言われるかもしれません。ところが全世界でただひとり、復活の初穂として、よみがえられた方がイエス・キリストなのです。

キリスト教信仰の核心は、イエス・キリストの復活にあります。人としてのイエスは、死からよみがえられ、父なる神の子としていまも生きておられます。弟子たちは、イエスが復活した体を自分の目で目撃しました。

だからこそ、ローマ帝国の迫害に対し、死さえも恐れなかったのです。ゆえに、死に勝利されたイエス・キリストの福音を、全世界に宣べ伝えていったのです。


イエスの復活を信じる信仰によって、夫と私の人生は勝利し、確かな希望を持つことができました。困難や試練に遭っても、道は必ず備えられている、という安心感が生きる秘訣でもあります。

日曜日のその朝は、イエスさまが復活された朝なのです。私たちは喜び勇んで馳せ参じます。教会では、礼拝のとき、起立して、みんなで信仰の箇条である『主の祈り』を唱えます。イエスが弟子たちに、だから、こう祈りなさいと教えられたからです。

「天にいます私たちの父よ
御名があがめられますように
御国が来ますように
みこころが天で行なわれるように
地でも行なわれますように
私たちの日ごとの糧を
きょうもお与えください
私たちの負いめをお赦しください
私たちも、私たちに負いめのある人たちを赦しました
私たちを試みに会わせないで、
悪からお救いください」
〔国と力と栄えは、とこしえにあなたのものだからです。アーメン〕
（マタイの福音書六章9節～13節）

教会は、大きな神の家族であり運命共同体なのです。天地創造の神を、われらの父と呼び、それゆえ、兄弟姉妹がたくさんいます。困ったときや悩みがあるとき、共に苦しみを分け合い祈ります。

私もいままで、どんなに多くの慰めや励まし、助けを受けてきたことでしょう。

私のいちばんの喜びは、教会へ夫婦二人でそろって通うことであり、何よりの楽しみでした。神楽坂から杉並区への引っ越しが追い風となり、教会の近くに住むので嬉しくてたまりません。

「教会が近いっていうのはいいなあ。安心できるし、自分の実家の近くにいるみたいだ。困ったことがあったらすぐ相談にも行ける。聖書の話を聞いて、活力をもらって、さあ、明日から頑張るぞ、という気になるからねえ」

「よかったわねえ。私もほら、こんなに大きなお腹をかかえていても、毎週、通うことができる。嬉しいわ」

教会まで三分です。近いですから夫は、いつも聖書を右手に抱えて、歩いていました。

「鞄に入れたほうがいいんじゃないの」

「このスタイルがいいんだよ」

そう言って、ゆずりません。

献げる喜び

阿佐ヶ谷に転居して、一か月が過ぎたころ、クリスチャンの友人が訪ねてきました。同じ地域に住んでいるけいこさんです。彼女とは教会で挨拶を交わす程度で、そんなに親しい関係ではありません。でも、彼女は私たちが教会の近くに越してくるのを知って、楽しみにしていたようです。

「こんにちは。落ち着きましたか。困ったことがあったら遠慮しないで、いつでも言ってね。すぐ来るからね」

私たちは神楽坂に住んでいたときから、いつも誰かが声をかけてくれるのです。神楽坂のまり子さん。お向かいの老夫婦、そしてけいこさん。それからも次々と――。

私が朝の八時ごろ、庭先で洗濯機を回していると、ひょっこり現われる人でした。洗濯機は外に備えつけているので、ドアは開けたままにしていました。ですから訪ねやすかったのでしょうか。

時折、顔を見せては世間話を十分ほどしたら、「また来るわね」と言って帰っていくのです。話が盛り上がっているのは彼女のほうだけ。

(何しにきたのかしら)

つかず離れずの交際が始まりました。彼女は、私の生活が何かと気にかかるようなのです。親切心からそうしているのかどうかはわかりませんが聞くところによると、けいこさんは人との付き合いを、大切にしている、と言うことでした。

それからしばらくして、

「かなこさん、公園の梅の花が咲き始めたわ。とてもきれいなのよ。見に行かない？」

声をかけてくれて、二月の中旬の暖かい日の午後のある日、公園に誘ってくれたのです。

（公園には行きたくないわ。家にいて読みかけの本の続きを読んでいたい。外はまだ寒いし、体も重くなってきたし、遠くまで足をのばすのは、おっくうだわ）

そんな私の気持ちを知ってか知らずか、なぜか熱心に誘うのでした。けいこさんは、私と川辺をゆっくり歩きながら、さりげなく言いました。

「この川の向こうには、神学校があるのよ。ここまで来たついでに、寄っていきましょうよ」

（梅の花を観賞するだけじゃなかったんだ。私を誘ったのは、なにか目的があったからなんだわ。私の顔色をうかがうこともしないで）

彼女は最初からそのつもりでいたようです。梅の花は、私を誘い出すためのけいこさんの配慮でもあったのです。それにしても、私と神学校と、なんの関係があるのでしょうか。

神学校は牧師になるための学校なのです。神からの招命の声をきいた信徒が、ここで訓練を受けているのです。卒業したら全国の教会に派遣され、牧会（魂の取り扱い）と伝道を行うのです。なんでも彼女の親戚の人がこの神学校で勉強しているのだとか。

なるほど、少し彼女の目的が私にも見えてきたのです。神学校で学んでいる学生は、ここで食事を摂っているのだそうです。彼女は台所に案内してくれました。

「けいこさんは、ここでどんなお手伝いをしているの」

「そうねえ。食事を作るのに必要な物を調達しているの。台所用品とか、洗剤にふきん、野菜にお肉など……あっ、そうだったわ。サラダ油がなくなりかけていたっけ」

私の顔を見て、彼女はにっこり笑いかけました。けいこさんは、私にも奉仕の喜びを知ってほしいと願っていたのでしょうか。真意はわかりません。私はけいこさんの奉仕している熱心な姿に心を動かされたのは事実です。このような人目につかない奉仕もあるのだと、このとき初めて知ったのです。

「からだを動かしてよく働くのね。感心するわ」

彼女は屈託なく笑って言いました。

「それがね。ちっとも苦にならないの。むしろ楽しくってよ」

私はそんな彼女の姿勢に倣いました。ですから毎月、神学校に自分のできる範囲で、品物を献げて協力しました。献品は、目に見える行動ですから、聖書の教える『献げる』とはどういう意味なのか、よく理解できました。

献品は、品物を献げて、神学生に必要な目的のために役立ててもらうことです。わずかな献げ物でしたが、私にとっては大きな喜びになりました。

私はこのころから人が幸せになるための法則を身につけていったのです。「受けるよりも、与えるほうが幸いである」と伝道者パウロは勧めています。

「イエスさまは、かなこさんの与える心をご覧になって、とても喜んでおられるわ」

けいこさんはそう言ってほほえんだのでした。

私も笑って言いました。

「梅の花と神学校、本当にいいものねえ。私もつい、梅の香りに誘われちゃったのね」

献金の喜び

話は前後しますが、私が教会の日曜日の礼拝に出席するようになったのは、一九七〇年二月からでした。教会は、日曜日の十時三十分から礼拝を行っています。初めての礼拝に出席したときのことです。

礼拝堂は若い人たちでいっぱい。明るくって、清らかな雰囲気に心が打たれました。イエスさまに心を向け、礼拝を前にして沈黙と静寂さとが漂い、それは水を打ったような静けさでした。私はその静けさがとても好きでした。

睡眠がからだの疲れを回復させるように、内面の静けさは、私の精神に生気を与え、新たな力を注いでくれました。

礼拝に出席しているうちに、私の意識は少しずつ変わり始めたのです。周りの様子を見ていると、教会の出来事をしだいに意識するようになり、教会全体を見渡すようになったのです。

牧師の説教が終わったあとのことでした。四人がけの長椅子に座っていたら、前から順番に、丸い入れ物が回ってきました。私の前にも回ってきたので、何だろうと思って中をのぞくと、袋の中にはたくさんの紙幣やコインが入っているし、茶色の封筒も入っていました。礼拝に出席した人たちが「献金袋」の中に、お金を入れていたのでした。

礼拝に出るたびに、この献金袋は、なぜか私の前を素通りしていきました。

（あっ、隣の席の人が茶色の封筒を入れたわ。茶色の封筒はなんなのかしら。お金を集めて何に使うの。教会の運営費かな。だけど、私にはまだ茶封筒は渡されていない。私はどうすればいいのかしら）

教会で親しくなっていた則子さんに尋ねました。

「献金は自由なのよ。金額も自由なの。いくらでもいいの。かなこさんの場合はね、教会に通い始めてから日も浅いので、献金袋を回すのはどうだろうかと判断したのかもね。献金も奉仕も、強制されるものではないわ。かなこさんが自分で決めればいいのよ」

礼拝に通い始めたばかりの私が、お金のことで躓かないようにと、則子さんは配慮してくれたのです。私の疑問に対し、彼女はなにかと気配りしてくれる人でした。

「献金はいくらでもいいの、と言われてもねえ。いくらすればいいのかしら、わからないわ」

私はもう一度聞きました。

「献金の基準について、はっきり書いてある聖書の個所があったら教えて」

そう言ったら、則子さんの顔がぱっと輝いたのです。その輝きの奥にあるものを、一瞬私なりに解釈しました。

(かなこさんの自発的な言葉を待っていたのよ。このような気持ちになってくれて、とても嬉しいわ。そんな風にかなこさんの内面が充実し、神の前に調えられていたなんて、私の認識不足だったわね)

則子さんは、このように思われたのではないでしょうか。確かに金銭について話すのは、相手によっては、話しにくいものがあります。則子さんは、私のほうから献金の献げ方について、教えてほしいと言われるとは、思いもよらなかったのでは。私も自分がそのような問いかけをするとは、思ってもいなかったのです。

則子さんは嬉しそうな顔をして、旧約時代の最後の預言者、マラキという人が書いた個書を開いて、教えてくれました。


「十分の一をことごとく、宝物倉に携えて来て、わたしの家の食物とせよ。

こうしてわたしをためしてみよ。

——万軍の主は仰せられる——

わたしがあなたがたのために、天の窓を開き、あふれるばかりの祝福をあなたがたに注ぐかどうかを、ためしてみよ。
わたしはあなたがたのために、いなごをしかって、
あなたがたの上地の産物を滅ぼさないようにし、
畑のぶどうの木が不作とならないようにする」
（旧約聖書、マラキ書三章10節～11節）

「ここでの宝物倉というのはね。かなこさんが所属している教会のことよ。そこへ十分の一を持っていくようにするの。そうすれば、神が天の窓を開いて、かなこさんを祝福してくれるわ。だから試してみなさいって」

則子さんは続けてわかりやすく教えてくれました。

「神さまはね、かなこさんが自分の財産、つまり給料のよき管理者になるようにと願っておられるのよ。あなたが祝福を受けるためにね」

こんなにも明確に書かれてある聖書の基準に、私は魅力と納得を覚えました。

（給料の十分の一は、イエスさまのものなのね。聖書に試してみよ。と書いてあるのだから、試してみようっと）

根が単純な私です。善いと思ったことはすぐに実行に移しました。

信じる者にとっては、聖書の教えは納得させる力があります。毎月の給料日が待ち遠しくなりました。自分の働いたお金の十分の一をイエスさまに献げます。一九七〇年当時、私の給料は四万円でした。ですから毎月、四千円を献金しようと決断しました。

イエスさまを心から愛するがゆえに、私の自由意思で献げました。神は、惜しみなく献げる人を、愛してくださるのです。献げることを通して、私の心は何倍もの喜びで満たされるようになったのでした。

先の神学校への献品もそうですが、クリスチャンが教会生活を送る上で、なぜ献金をしているのか。そのわけも聖書から理解できました。

献金は、神の働きを進めていくための、神のご計画なのです。経営者が財政面を管理していく方策を立てるのと同じです。神は、ご自分の事業費は、神の子どもたちの献金により、賄われると、原則を定められました。

献金は、教会で神に仕える牧師、伝道師、神学生の生活を支える資金になります。

献げたお金は、福音を伝えるための伝道費にも使われます。会堂建設や修理などにも使われ、困っている人や、苦しんでいる人への、神からの贈り物として用いられます。病に伏せっている人への訪問や、見舞金としても使われることでしょう。献げた人は、その大きな喜びに与かり、共に祝福を受けるのです。

献げるものは、お金だけではありません。時間、祈り、労力、イエスさまの存在を伝える話、笑顔や親切な言葉などなど。神はこのような善い行いを通して、祝福してくださるのです。このようにして、神の大きなご計画の一端を担わせていただくこと、それが私の多大な喜びとなりました。

加えて、マラキ書の言葉の約束通り、私の献げたものに対し、何倍もの祝福で報いてくださいました。あとで述べる子どもの祝福や、私の家族が皆、クリスチャンになったことなどがそうです。

したがって、与えることと、受けることとの法則が、私の人生観、生き方として、しっかり身についていったのでした。

ついでに補足しておきますと、いま私の通う教会で礼拝のときに使用している献金入れがあります。それは献金袋ではなく、丸い小型の洗面器のような形をしています。その周りを紺色の布で上手にくるんであります。その献金入れを作ったのは私の夫なのです。夫は注文紳士服の仕事をしているので、その賜物を用いて、三十五歳のときに作りました。もう四十年以上、教会で使われています。

献身について

いままでは、献品と献金について学んできました。これは目に見える行動ですから、よくわかります。「献身」については、正直のところ、よくわかりませんでした。

さて、私はいつも、礼拝堂の左側の長椅子に座りました。そこから教会の庭が見えるからです。上から下まである大きな窓ガラスですから、庭全体がよく見えます。庭には、四季折々の花が咲きます。小さな草花には心が和みました。草花のそばには小鳥が集まってきて、虫をついばんでいる日もあります。春には花水木が白色または淡い桃色の花をつけます。五月ごろには藤の花。藤棚につるを巻きつけ、うす紫色のふさの形に垂れて咲く、それは見事なものです。夏には、教会の庭は深緑一色となり、青葉の中に吸い込まれそうになります。

この時期、深緑の季節に、牧師は聖書から「献身」についてのメッセージがあったのです。献げることの喜びを知った私は、「献身」についても関心を持ちました。

「だれでも自分自身をきよめて、これらの不義を離れるなら、その人は尊いことに使われる器となります。すなわち、聖められたもの、主人にとって有益なもの、あらゆる良いわざに間に合うものとなるのです」

（第二テモテの手紙二章21節）

テモテへの手紙は、伝道者であったパウロがローマの獄中から、テモテ個人に宛てたもの。歳若く経験の浅い同労者であったテモテは、パウロのすすめで信仰を持ちました。パウロは、信仰による真実のわが子と、テモテをそう呼んでいました。パウロはテモテを愛し、いつも一緒に伝道旅行に連れていきました。

「テモテ書」は牧会書簡と呼ばれていますが、第二の手紙は、気の弱かったテモテを、パウロが勇気づけ励まし「私と苦しみを共にしてください」と願っていました。年老いてなお獄中にいるパウロは、孤独でした。自分の死期が近づいていることに気づいたパウロが、テモテにどうしても早く来てほしいと願ったことがありました。それはテモテに言い残しておきたいことがあったからでした。この手紙は、パウロの遺言書でもあるのです。

パウロはテモテを前にして話しました。神の賜物を再び燃え立たせ、神はつねに真実であることを語り、キリストの立派な兵士になり、主人にとって有益な者となりなさい、と命じました。

生涯を伝道者として、全うするように、という言葉には、パウロの切なる願いが込められていて、読む者にも伝わってきます。パウロとテモテの親子という関係には、心打たれるものがあります。


土屋牧師は、テモテ書の個書を引用しながら「献身はクリスチャンにとって、とても大切なことなのです」と話されました。

それから、ある日の日曜日の午後、ひとりの男子神学生が話をしました。

「私はイエスさまを信じて、その受けた恩恵にとても感謝しています。ですからこの愛にこたえるためにも献身し、神学校へ行くことに決めました。いま神学校で学びと訓練を受けているので、学びの様子をお話しします」

神学生の話を聞きながら、私はふと、疑問を抱いてしまいました。

（献身というのは、神学校へ行くことだったのかしら？ 知らなかったわ。そうだとしたら、献身についての話は、私には何の関係もない話なんだ。献身とは牧師になろうという人だけがするものなのね）

そう考えたら、献身という意味がわからなくなり、その課題は保留にしました。いつかわかるときがくることを信じて。それなのに、献身という言葉が心の片隅に引っかかってしまい、頭から離れないのです。牧師が説教で、クリスチャンにとって、献身は、とても大切なことであると、語っておられたからでした。

字句通り、献身がそんなに大切であるなら、信徒はみんな神学校へ行き、牧師、伝道者になれば、いちばんよいということになります。


でも、そのようなことはあるはずはありません。もしそうだとしたら、献身するのは、ごく限られた人数になってしまいます。

人にはそれぞれの行く道があるのです、職種もちがうし、自分が置かれた環境や場所で、イエスさまに仕えることができるのではないでしょうか。私は疑問を持つことはよいことであると思っています。なぜなら、疑問があれば考える力がつくからです。

私はすっきりしないまま、献身の意味をしばらくの間、棚上げにしました。

二週間が過ぎたころ、いつもの礼拝後、講壇から「招きの時」があったのです。招きの時とは、牧師が信徒に声をかけ、応答を求めるときのことです。

「今日は献身の祈りをします。これからイエスさまにすべてを献げて、生きていこうと決心した人は、前に出てきて共に祈りましょう」

（献身の祈り？）

いま学んでいる主題は「献身について」なので、この言葉は、私に新たな関心を抱かせました。たくさんの人が前に出て、目を閉じて心を一つにしました。牧師の祈りが始まりました。

「イエスさまにすべてを献げましょう。あなたが自分には何ができるかがわかったら、その行いを通して、心から従いましょう。あなたの持てるもの、時間、祈り、お金、財産、あなたの能力、仕事、家庭、そしてあなた自身に備わっている賜物を、イエスさまに献げて、最大限に使っていただきましょう。イエスさまは、私たち一人ひとりのご主人さまなのです。心から喜んでお従いしましょう」

祈りが終わったとき、

（わかった！　これが自分自身を献げる、献身という意味なのね）

土屋牧師による祈りの力が、理解できないでいた私の心を目覚めさせて、疑問が消え、納得させてくれたのでした。

されど祈りの言葉は、言うは易し、行うは難しです。簡単に実行できるものではありません。牧師の言葉に耳を傾け、意図するところを、じっくり考えなければ、わからない内容だからです。クリスチャンは、人にではなく、私を罪から解放してくださった、イエスさまに従っていくのです。支配権はイエスさまにあるのですから、イエスさまと私との間の信頼関係があってこそ、従うことができるのです。

私は家に帰ると、牧師の祈りの言葉を暗唱し、くり返し練習をしました。そうしているうちに、自分の祈りとなってきたのです。

献身というのは、日々の生活の中で、イエスさまの指示に従うことです。今まで自分中心に生きてきたのを、イエスさま中心に生きることなのです。主が「右へ行ってください」と言われたら、「はい」と言えばよいのです。

献身の意味がようやく理解できましたから、不思議なことに、心の奥底からふつふつと、熱いものが湧き上がってきました。

献身への疑問が、このとき、霧が晴れるように消え去っていったのです。

高ぶるものには……

四月になると、出産日が近づいてきました。

寝間着や洗面道具など、身の回りの必需品を用意して、旅行用のかばんに入れました。陣痛が始まったとき、いつでも家を出られるように準備は万端、かばんの中には、ブルーの産着も入っています。

男の子でありますようにと、夫とともにイエスさまにお願いしたのですから。この祈りは、結婚して初めて、二人の心が一つになった、真実な祈りでした。神さまはきっと、祈りを叶えてくださるに違いないという信仰をもって、祈ったのでした。

けいこさんは、身重の私をいつも気遣ってくれながら、こう言いました。

「重い物は持てなくなったでしょう。下を向くのもつらいわよね。足元に気をつけてね。なにかあったら大変だから」

親切な言葉でしたが、なぜか私は素直に、「ありがとう」とは言えなかったのです。むしろ、反発したい気持ちになったのです。「なにかあったら大変」という言葉が気になったからです――。

（悪いことなど何も起きないわ）

それは一〇〇パーセントイエスさまを信頼している、という信仰者の姿勢のように見えるでしょう。確かに私は、神にすべてをゆだねて信頼していました。ところがこの言葉の裏には、自分でも気づかなかった高慢さが潜んでいたのでした。私はこのとき、自分の身になにが起こり、お腹の中がどうなっているのか、少しも気づかないでいたのでした。

このころの私は、まだ未熟で自分の心のあり方を内省するまでには至らなかったのです。自分の中に高慢さがあったことは、あとになって気づかされました。

四月中旬、時々下腹が痛むようになりました。子どもが生まれるのは昼夜を問わないので、気をつけながら過ごしました。四月二十二日の夜、八時ごろから激しく痛むようになったので、お向かいの老夫人にたずねてみると、

「陣痛がきたようね。ご主人とすぐ病院へ行かれたほうがいいですよ。病院には、私のほうから連絡しておきますから。タクシーを呼ぶので、早く準備して！」

夫人は自宅の電話で、てきぱきと対応してくれました。初めての出産なので、心細く思っていた私たちは、夫人の対応で心が和みました。この日は、夫も帰宅していたので、身仕度をして、夫と東京厚生年金病院へ向かいました。車に乗っている間も、下腹が張ってきます。痛さに堪えかねている私の傍らで、夫はどうしようもない様子でした。

病院へ着くと、すぐ出産待ちのベッドへ案内されました。周りは痛みを堪える妊婦ばかりです。

一九七三年ごろは、ナース・ステーションの詰所では看護婦さんと呼んでいたのです。

看護婦さんに「腰のあたりがとても痛いんですけど」と痛みを訴えると「誰でも痛いんですよ。あなただけではないの」とつれない返事が返ってきました。

思わず顔を見ると、この道の経験を積んだ看護婦さんのようで、妊婦のあしらい方も、手慣れていました。彼女にしてみれば、各々の訴えにいちいち取り合ってはいられない、ということでしょうか。

一九七三年ごろは、戦後に生まれた団塊世代に子どもたちが沢山生まれ、出生率は最高潮に達した年でもありました。

ようやく私の番が回ってきたので、分娩台に上がりました。ところが、陣痛がきているのになかなか生まれてこないのです。そのまま待たされるはめになり、しばらく様子を見ていた医師は、器具を用意

し、

「鉗子を使って引き出しましょう」

「鉗子ってなんですか」

「外科用のはさみの形をした器具ですよ。赤ちゃんの頭をはさんで引き出しましょう」

その処置がとられましたが、生まれる気配はまったくありません。分娩台からほかのベッドへ移されました。その間にもほかの妊婦さんの赤ちゃんが、次々と生まれ、元気な産声が聞こえてきます。また分娩台に移されました。

(私の赤ちゃんは、どうなるの。このままお腹の中で死んでしまうの)

いたたまれない気持ちになり、看護婦さんがひんぱんにきて、聴診器を当て、子どもの心音を確かめてくれました。その人は私につれなくした看護婦さんだったのです。

この方は、緊急事態のときは、誰に対しても、責任を持って対処してくれる人柄でした。私はこの看護婦さんに感謝するとともに、慰められました。

(イエスさま、子どもを助けてください)

心の中では必死にそう叫んでいました。

そのときでした。

詩篇三十一章23節の「高ぶる者には、きびしく報いをされる」という聖書の言葉が私に告げられたのです。

「あなたの高ぶりの波は、ここで止どまれ」

といった内容でした。けれども、私は悲しいことに、この言葉の意味が、このときはまだわからないでいたのです。

自分のからだはどうなるのか、子どもはどうなるのか。ほかのことを考えるゆとりはありませんでした。

担当医が来て、体内の状態を調べることになり、レントゲン検査の結果でわかったことを告げられました。

「このままの状態だと、赤ちゃんは生まれてきませんよ。骨盤が狭いので、帝王切開にしましょう」

なんということでしょう。腹部にメスを入れて切開し、子どもを取り出すと言われました。でもこのときも、不思議と不安はなかったのです。信仰をもっているゆえか、まな板の鯉の心境で、妙に度胸が据わっていました。イエスさまを信じていることの不思議さです。夫にも帝王切開の処置が告げられました。夫は私を励ましてくれて、初めての出産なのに、その上帝王切開とは……。

私たちにとっては、大きな試練となりました。手術台へ移され、全身麻酔が打たれました。意識がすうーっとなくなっていきます。

手術の間、私のからだはどうなっているのか、夫は廊下で不安を抱きながら待っていたのか、手術が成功し、親子とも無事であることを祈って待っているのか、夫の気持ちもなにも知る由もありません。

気がついたらベッドの上にいて、そこには笑顔の夫の顔がありました。

「おつかれさん、よくがんばったね。男の子だったよ。とても元気だ」

夫は祈りが応えられたので、とても嬉しそうでした。小柄な私の割には、大きめの赤ちゃんで、三三七五グラムもあったのです。

「看護婦さんが子どもを見せにきてくれたんだよ。見てびっくりした。顔がやたらと長いんだ。おどろいて先生に尋ねたら、先生はこう言ったんだ。『鉗子を使って引っ張りだそうとしたとき、伸びてしまったようですね。でもお父さん、心配しなくても大丈夫ですよ。赤ちゃんの顔は、元の状態に戻りますから』と教えてくれたんだ。話を聞いて、ほっとしたよ」

「本当によかったわね」

と、言いながらも、手術のあとが思わしくありません。分娩時間は長くなかったのですが、子宮内に溜まっている血液があふれ出し、出血がひどくて、シーツがまっ赤になるほど。出血量は三〇〇㎖の中等量でした。麻酔が切れてきたので、縫ったあとの傷口がじわじわと痛みだしてきたのです。長男は難産でした。子どもとの対面どころではありません。

「がまんできないようでしたら、痛み止めの注射を打ちますから、そのときは言ってくださいね」

看護婦さんはそう言って、病室を出ていきました。痛み止めの注射は打たず、六人部屋の端のベッドで痛みを堪えて、一晩中唸っていました。翌日の昼ごろになると、痛みはやわらぎ、安心したのも束の間、

「トイレは一人で歩いて行ってくださいね」

「はあ？」

傷口を縫ったばかりなのに、どうしてなのと思い、看護婦さんの言葉がピンときませんでした。起き上がろうにも、からだは自由にならないのです。ちょっと動いただけでも、痛みます。起き上がるまでに時間はかかるし、ベッドから降りるのもひと苦労。中腰の不安定な姿勢でお腹を抱えて、廊下をそろりそろり、やっとの思いでトイレに行ったのでした。

痛みの原因は、筋肉が糸で引っ張られるからとの、説明を受けました。一週間、痛い思いをしたあとでした。

「中里さん、今日は抜糸をしますよ。お腹を見せてください」

担当医は傷口の上を触診すると「くっついていますね。始めましょう」と確認してから抜糸を始めました。パチン、パチンと糸が切られていく音がするのにつれて、体がふうっと楽になっていきました。深い傷がわずか一週間で治ってしまうのです。抜糸したあとは、自由に歩くことができるし、痛みはまったくありません。

医療の進歩は目覚ましく、私に備わっている、自然治癒の力にもおどろきました。医療は進歩し続けていますが、一九七〇年という時代は、生まれてくるまでは、男の子か女の子かは、まだわかりませんでしたが、期待と不安で胸が弾みます。私たちの出産の時代には、そんな夢がありました。

抜糸したあと、ようやく子どもと対面し、子どもの元気な姿を見たら、早く家に帰りたくなりました。

「先生、わたし、もう退院させてください」

わがままをお願いしたら、先生は優しく、

「あと一週間と二日過ぎたら退院ですよ。帝王切開のあとだから、無理をしないで、からだを大切にしてくださいね」

十六日間の入院生活も終わり、看護婦さんたちに見送られて、病院を出ました。男の子だと信じて、生まれる前から用意していたブルーの産着に子どもをくるみ、夫と抱いて帰りました。一九七三年五月九日のことでした。


長男には、精神が高潔で気高く正義をまっとうする人柄になってほしい。父親の願いでした。

私は帝王切開で長時間の難産という試練をなぜ受けたのか、その原因について、考えてみました。自宅に帰ってきてから、はっと気づかされました。出産間近になったとき、友人がかけてくれた親切な言葉に私は、反発していたのです。

「重い物は持てなくなったでしょう、下を向くのも辛いわよね。足元に気をつけてね。つまずいて転んだりしたら大変だからね」

(そんなことがあるはずがないわ)

イエスさまを信じているのだから、何事もなく生まれてくると、高を括っていたのです。その態度に対して、厳しい神の言葉が私の上にくだったのです。

分娩台に上がり、長時間の難産となったとき、あなたの高ぶりの波は、ここでとどまるように、これ以上は高慢になってはいけないとのことだったのです。

クリスチャンになってまだ幼かったので、善悪の判断すらできていなかったのです。悪いことをしたとき、母親は子どものお尻をぴしっとたたいて、からだの痛みを通して教え諭します。それと同じです。私の心の真ん中には高慢さがあったことは否めません。痛みを通してしか、自分の内面に気づかない鈍感さがありました。

心の目が開かれ、目から鱗が落ちるとは、このようなことを言うのでしょう。

試練は、心の中に隠されたものが何なのかを気づかせるために、全知全能の神が、私を試みられたのでした。加えて、イエスさまは、私の心の高ぶり、高慢、おごり、あなどりの罪を悲しまれ、叱責されたのでした。

私たちは、自分の置かれた地域の中で、周りの人たちとのかかわり合う中で、生活しています。お向かいに住む親切な老夫婦、病院での主治医の適切な処置、病気の人をいたわる優しい言葉。お世話をしてくださった看護婦さんなどがそうでした。けいこさんが私にかけてくれた、思いやりの言葉に対しても、イエスさまは、「もっと素直になりなさい。もっと謙虚になりなさい」と教えてくださったのです。

それから、親切な言葉や思いやりには、心から「ありがとう」と感謝のできる人になりなさいね、と教え、諭してくださったのでした。

信仰による人格形成の面では、クリスチャンになって四年、まだまだ未熟な私でした。ところがイエスさまに対する信頼する心においては疑うことはありませんでした。「あなたの信じる通りになるように」と、イエスさまは、男の子を与えてくださったのです。夫は二十八歳、私二十九歳、多くのことを学んだ、クリスチャンになって、四年目の出来事でした。

ふたりの子育て

自宅に戻ってからも、体調はすぐれません。難産の後遺症もあったのでしょう。育児に力がはいらないので、助産婦さんに来てもらって、十日間、産湯のお願いをしました。助産婦さんは子どもを湯に入れる手立てを教えてくれました。

「左手に赤ちゃんの頭と両手をはさんでから、まずガーゼで顔を洗ってあげましょう。次は頭ですよ。その次は首から体を洗って、両手両足の順に洗ってくださいね。

今度はくるっと、体を引っくり返して、背中とお尻を洗ってあげましょうね。赤ちゃんは、汗をかきやすいから、毎日、そうしてあげてくださいね。ほうら、見てごらん。とても気持ちよさそうな顔をしているでしょう」

九日目が過ぎたころ、助産婦さんの手慣れた取り扱いを見ていた夫が、すかさず言いました。

「これからは、おれが湯に入れるよ」

「ほんと、助かるわ」

夫婦だけでの子育てが始まりました。夫が湯に入れ、私が肌着やおむつの準備をしました。バスタオルに子どもをくるんで、体を拭き水分を与えます。三時間おきにミルクを作って飲ませました。

帝王切開のため、授乳させる機会を失ってしまったからです。育児に追われながらの日々でしたが、私の体は本調子には戻りません。主治医が退院する前に注意された通り、子どもを抱いての通院となったのでした。

夫は最初は、湯の中に落としはしないかと、恐る恐る入れていました。そのうち慣れてきたので、私に誇らしげに言いました。

「どうだ。上手になったろう」

「手つきが柔らかくなったわね。ほら、気持ちよさそうに、目を細めているわ」

私はベビーバスの縁に手を置いて、見ているだけ。初めての子育ては、慣れないことばかりです。くしゃみをした、ミルクを飲まない。夜泣きをした、笑った……戸惑ったり、安心したりの日々でした。そんなこんなの日々を過ごし、二か月が過ぎたころ、私の体調も回復し、育児にもゆとりができました。

赤ちゃんの成長は、目覚ましいものがあります。三か月から四か月にかけて、首がしっかり座り、目も見えるようです。

名前を呼んで言葉をかけてあげると、目の動きと表情で応えてくれるのがわかります。泣き声でミルクが欲しいのか、おむつが濡れているのか、わかるようになりました。子育てをしながら、私も忍耐とはなにかを体験し、母親として成長していったのでした。

このころ、新聞報道によると、育児ノイローゼが社会問題になっていました。

一人で子育てをしているお母さんが、精神的に疲れてしまったというのです。産後の精神状態が不安定になり、無性に寂しくなったり、わけもなく涙を流したり悲しんだりする。産褥期の回復が順調でなかったり、慣れない育児によって起こるストレスなどが原因のため、情緒不安定になると、記事には書かれていました。

子どもは可愛いものですが、子どもを育てることは、母親の体力も精神力も、すべて奪ってしまう存在でもあるのです。四六時中目が離せません。育児から解放されることはないのです。

このような大変な時期に、私は周りに何人かの友達がいることによって、助けられてきました。けいこさんはいつも、私と子どもを気遣ってくれたのです。彼女にも一歳くらいの女の子がいて、話もよく合い、日曜日には子ども抱いての教会通い。お互いに子どもの世話をしながら、牧師の聖書の話に耳を傾けたものでした。

そのうち、もう一人の友達ができました。ある日の日曜日の午後、私は子どもを抱いて長椅子に座っ

ていました。大きな窓の外は、深緑が目に優しい。庭を眺めくつろいでいると、

「まあっ、気持ちよさそうに眠ってますね」

優しい声はすみ子さんです。彼女にも一歳になったばかりの、女の子がいました。

すみ子さんの家庭では、ご主人が「聖書を読む会」を開いておられたのです。教会では、この集まりを家庭集会と呼んでいます。すみ子さんは、学びにくる人たちのために、軽い食事やお茶の用意をして、みなさんとの交流を深めていました。気負ったところは少しも感じられません。すみ子さんと親しくなったある日、相談の話がありました。

「かなこさんにお願いがあるの」

「あら、なにかしら？　私にできることならなんなりと」

「あなたの家を家庭集会のために、使わせてほしいのよ。月に一回ね」

「そんなことならお安いことよ。二階も階下も空いているから使ってちょうだい」

学びにくる人たちの人数が増えたので、彼女の家が手狭になったというのです。家庭を開放して集会を開くことを、イエスさまはきっと喜んでくださるでしょう。この話は引き受けました。私はさっそく、座布団十枚、湯呑み茶碗十個、大きめの鍋も用意しました。カレーや豚汁、煮物などを作るのに、必要だったからでした。

場所を変えて、私の家で『聖書を読む会』が始まりました。いつも十人ほどが集まり、ご主人から教えを受けていました。彼は学校の教師です。話し上手ですから、家庭集会はいつも盛況でした。学びが

終わると楽しいひととき。軽い食事とお茶の時間になり、共に語り合います。かたい話は抜きにして、日頃、悩んでいることを相談したりして、助け合ったりするのです。

この時間はとても楽しくて、人は誰かに話を聞いてもらうことで、生きる力になるのです。このような交流は、クリスチャンにとって、信仰生活には不可欠なものと言えます。私も「聖書を読む会」で、どんなに慰めを受けたことでしょう。

予期しない出来事

三回目の学び会のときでした。私の不注意で、子どもが階段から転げ落ちてしまったのです。子どもの成長には順序があります。四か月で首が座り、六か月になると寝返りを打ち、八か月になるとはいはいしたり、つかまり立ちをするようになるのです。

なのに、長男の場合は、首は座ったものの、このあとが順序通りにはいかなかったのです。太っていたので、寝返りができないでいたのです。まだ動くことはないからと、思っていたので、二階の部屋に寝かせていました。

それが急に寝返りをうち、はいはいをし、閉めてあった襖を開けて、階段から転げ落ちてしまったのです。

この日の私は、家庭集会のための準備を台所でしていました。作った物を六畳の部屋に運び、テープルの上で用意していたときでした。

どどーっ、ばしっという音が聞こえたとたん「おぎゃーっ」と火のついた子どもの泣き声、思わず心臓が止まりそうになりました。子どもをすぐ抱き上げ、泣き止むことを願いながら、必死の思いで祈りました。

「イエスさま、私の不注意でした。お許しください。子どもの体や頭に、異常がありませんように、どうかこの子を助けてください！」

何回も祈りました。気持ちを落ち着かせ、どうしたらよいのかを考えました。聖書の学び会は、夜七時からです。みなさんが集まってきます。留守にするわけにはいきません。思い悩んでいるとき、幸い夫が帰宅したのです。ほっと胸をなで下ろし、手短に話をして、子どもを診療所へ連れていきました。

「お母さん、お子さんは泣きましたか」

「はい、火がついたような泣き方でした。私のほうが気を失うほどでした」

「それはよかった。落ちても泣かないお子さんもいるんですよ。脳内出血は起こしてないと思います。幸いなことに、かすり傷ひとつありませんよ。赤ちゃんの体はゴムまりみたいなものですから、大抵のお子さんは助かるんですねえ」

お医者さんは、自分で診察しながら感心しておられました。

「念のため、あした病院へ行って、専門医から脳の検査をしてもらってください」

子どもを抱いて帰る道々、医師の言葉でひとかたならず慰められ、守られたことを感謝しました。家庭集会は予定通り開きました。思いがけない、秋の気配が深まる日の出来事でした。

キャッチボール

長男は二歳になりました。

そのころ、私は勤めに出始めました。新聞の募集にあった「簡単な事務の仕事です。気軽にご相談ください。託児所もあります」という気を引く言葉が目に留まり、その触れ込みに誘われて、面接に行ってみました。吉祥寺にあるビルの一室を開けると、温厚そうな男性が椅子をすすめてくれました。

「どうぞ、お座りください。よく来てくださいましたね」

やたらと丁寧なので、変だなと思いました。

「早速ですが仕事の内容は、本の販売です。一軒一軒まわって、お客様を増やしてください。がんばるほど給料が上がりますよ」

にんまり笑った顔に、歯切れがよく、私をその気にさせる口調です。低姿勢ではありますが、内容が違うので尋ねました。

「事務じゃなかったのですか」

所長らしきその人は、私の疑いを打ち消すように、

「あっ、いやいや、それもありますが、最初は誰でも、外回りをしてもらいます。まず実践して力をつ

けていくものですよ」

　押し切られ、断わる言葉も浮かばず、働くことを約束してしまいました。学習本を購読している家庭に本を届ける仕事です。

　私を指導してくれる女性は、美奈子さんです。美奈子さんは勤めて五年。知的で品のよい洋服を身につけています。私は普通です。家々をまわりながら、道順と家のめじるし、家族構成まで、親切丁寧な教え方をする人でした。

　ところが、道を歩くとき、美奈子さんは新米の私に腕を組んできます。

（仕事をばりばりしている人なのに、どうしてかしら）

　女同士で腕を組むのは、私はあまり好きではありません。でも私たちは気が合い、仕事が終わると、食事をし、おしゃべりするのが楽しみでした。

「美奈子さん、このお仕事好きでしょう？　嬉しそうに見えますものね」

「そうね、もちろんよ。外の空気を吸って、ストレスを解消しなくちゃね」

　なんて意外な言葉でしょう。

　彼女は中流家庭に生まれ、欲しいものはなんでも与えられ、苦労知らずのお嬢さん育ちのようです。そして、そのまま家庭夫人となった雰囲気を漂わせています。ご主人もそこそこの企業に勤め、経済的にはなんの心配もないのだと言うのです。

　ある日、彼女の家に招待されました。広い台所と居間、ほかにも二部屋あって、調度品も揃っています。花模様のカップに美味しいコーヒーを淹れてくれました。彼女は生活のために働いているのではないし、子どももいません。美奈子さんの雑談は続きます。

「夫はね、お肉と豆腐が大好物なの。湯豆腐にしたり、しゃぶしゃぶにするの。だから、ねぎと生姜は切らしたことがないわ」

冬の寒い日に、夫と二人で、湯気たちのぼる鍋をつつくという、幸せそうな夫婦の姿が目に浮かびました。想像した通りの貞淑な奥さまです。胸元に手を添えて話すのが特徴で、女らしく見えました。

ご主人は、将来一戸建ての家を持つ目標があります。広い庭も夢だとか。頭金を貯めるために毎晩、残業して帰ってきます。ご主人の帰りは遅いけれど、美奈子さんは必ず起きて待っているというのです。

「眠くならないの？」

「眠いわよ。でもね、あちらだって遅くまで働いて帰ってくるでしょ、だから起きて待っててあげれば、ほっとするでしょう」

私とは対照的だと思いました。私は育児と仕事の疲れで、夫が帰ってくる前に眠っているというありさまなのに。

「よく働くご主人なのねえ。家を持つ夢があるんですもの。あなたは幸せな奥さまよ」

感じたままを言うと、彼女はそっと目を伏せました。美奈子さんの隠れた内面を見た思いがして、とても気がかりでした。

数日が過ぎたある日、一緒に行ってほしいところがあると言うので、付き合いました。

午後四時、仕事が終わってから行った場所は、洋食のレストランでした。彼女はなぜか、厨房に近いところに席を取ると、調理場の中を気にしています。二人の男性が客の注文の品を作っていて、とんかつが評判だと言うので頼みました。

(衣がカリッとした、揚げたてのカツを私に食べさせたいと思ったのね)

ところが、あに図らんやだったのです。

「このとんかつね、あの彼が作ったのよ。中は柔らかく衣はサクサク、美味しいわよ」

若い男性のほうを目の動きで教えます。

(知ってる人のお店だったのね)

私は何の疑いも持ちません。美奈子さんは、恥ずかしそうに男性に笑いかけ、彼も時折こちらに視線を送ってきます。その様子を見て、ふっと危惧を抱きましたが、聞くのは避けました。すると美奈子さんは、私の耳に小声でささやきます。

「彼とね、親しくなっちゃったの。まさかと思うでしょう。でも本当なのよ」

私はカツを口に入れたまま、驚きと半ば呆れてしまいましたが、固まっている私をよそに、美奈子さんは少女のように頬を染めています。頬に手を添えて、悪びれる様子はまったくありません。理知的で能力のある賢い奥さまが、夫以外の男性に心を寄せているのです。

目の前の光景が信じられませんでした。そんなことがあってよいのだろうかと。

家に帰ってから悩みました。人妻の不倫は、映画や小説の中だけであってほしい。でも、私が知らないだけで、世間ではよくある話かもしれません。

私は結婚したばかりです。夫と子どもを愛しています。ですから、人妻の道ならぬ恋や、家庭が破壊されるような話は、聞くだけでも不愉快でした。夫の不貞、妻の不倫、あってはならないことです。が、間違いを犯しやすいのもまた人間なのです。いつの間にそのような関係になってしまったのでしょう。

ある日、美奈子さんは、仕事で学習本を取っている家を訪ねました。一人の男性が出てきました。

「女房と子どもは実家へ帰っているんですよ。しばらく帰ってきません。本の代金ですよね」

そんなやり取りをしているうちに、世間話に花が咲いたといいます。その折に、美奈子さんの口から、夫の不満が出て、男性は美奈子さんの愚痴を、優しく聞いてくれたというのです。いつしか彼女は家庭料理を作って、男性の家まで届けるようになり、親しくなったと言うのです。私は言葉を失いました。

夫が遅く帰ってきても文句も言わず、いそいそと出迎える。それは、自分の秘めごとを隠すため、あの穏やかな雰囲気の中に、二心が潜んでいたとは、誰が想像できるでしょうか。美奈子さんの不満は大きくなり、まるで夫のほうが悪い、と言わんばかりです。結婚して五年、気がつけば夫婦の会話はなくなり、彼女はひどい孤独感に沈んでいました。

私は修復の道を探しました。

「本当に心の優しい人はね、節度を保つことができるのよ。あなたを人格を持った女性として、尊敬し認めることができるわ。そもそも、人妻のあなたに近づく男なんて、思慮に欠けているわ。その人は誠実な人じゃないわ」

「はっきり言うのね」

「大事に至らないうちに、彼とは別れることね。目を覚まして、家庭を大切にして」

建設的な私の話に、美奈子さんは聴く耳持たずでした。でも、厳しいことも言わねばなりません。そして、案の定、奥さんと子どもが帰ってきてからは、彼は冷たくなったと言うのです。彼女の落ち込みは激しく、おしゃれな洋服も泣いているように見えました。今後どうしたらよいのか本人が決めることです。

「夫とやり直したいの。どうしたらいい関係になれるかしら」

「キャッチボールをすればいいのよ」

「キャッチボール？」

くりっとした目が真剣そのものです。

「ご主人の家を建てる夢と目標に、あなたも心を合わせて協力するの。会話って、一方通行じゃなくて、ほらキャッチボールみたいなものでしょ、ボールを取ったり、投げたりするわよね。ご主人の話に楽しみだわねとか、素敵だわの合いの手を入れてね。嬉しそうに聞いてあげるのよ。そうすれば、あなたの話もきっと聞いてくれるわよ」

美奈子さんは何を思ったのか、はっとして、顔を上げ、加えてしみじみこう言ったのです。

「いつの間にか不満の塊になって、主人の話も聞かないで、嫌な女になっていたわ」

下を向き、自責の念に駆られている彼女に、私は言いました。

「それでいいのよ。あなたは自分を責めることも、恥じることもないわ。だって、心から反省し、あなたはもう変わったんだもの」

それからの美奈子さんは、柔らかな表情とピンと伸ばした姿勢で、夫婦生活の大切さを報告してくれるようになったのです。

「キャッチボールって、とても楽しいわ。ナイスキャッチよ。たまには空振りもあるけれどね。ふふっ、これからも努力してみるわ」

奇妙な隣人

九か月続けた仕事を辞めました。

仕事と子育ての両立に限界がきたからです。専業主婦に戻った私は、夫にお礼を言いました。

「あなたの働きに感謝してるわ。ありがとう。働きに出てみてつくづくわかったわ。働くって大変なことなのね。これからも私と、子どもをよろしくね」

夫に向かって頭を下げました。夫は何事もないようにうなずいて笑っています。私はさっそく、乱雑になっていた部屋を整理・整頓したり、手抜きの食卓も丁寧にしました。久しぶりに清々しい気分です。時間にゆとりができたので、子育ては愛情もきめ細やかになりました。

そんなある日のこと、奇妙な人に出会ったのです。子どもが昼寝をしている間に買い物を済ませようと、総菜屋へ行ったのです。店まで一分足らずです。小さな店には私と一人の女性だけ。ほっそりとしたその人はどこか頼りなげでした。女性は、油あげ一枚を手に持って金銭箱へ。

一九七四年ごろの個人の店には、買い物かごもレジもありませんでした。店番のおばさんの前には木の台が置いてあります。その上の小さな木の箱でお金の出し入れするのでした。私もお惣菜を幾品か持って、その人の後ろに立ちました。女性は財布を開けると、

「あらっ、三円足りないわっ」

と細い体に似合わず、調子はずれの声を上げたのです。愛想のよい店のおばさんが、私に目を向けると、

(しようがない人だねえ)

といった顔をします。私はすぐに三円を台の上に置きました。女性は振り向くと、

「あらっ、どうもありがとうございます」

その行動は、計算づくでもあるかのようにも見えました。私は子どものことが気がかりで、家に急ぎました。すると、後ろからその女性が走り寄ってきたのです。

「奥さん、先ほどは助かりました。お金、お返ししますから、奥さんの家、教えてください」

「いいのよ。わずかなことだから、要らないわ。気にしないで」

私はいささかうっとうしくなり、変な人だと思いながらも、女性の魂胆が全くわかりませんでした。

女性は、自己紹介をすると、道を歩きながら、身の上話を始めました。九州の生まれで、兄弟は五人、彼女は真ん中だといいます。この近くにアパートを借りて、住んでいるそうですが、私は黙っていました。どの辺りに住んでるの、とも聞きません。妙に馴れ馴れしくして、不快感を覚えたからです。擦り寄ってくるような態度も感心しません。

返答をしない私を、気にするでもなく、女性は話し続けました。

「私が小学生のとき、父は女の人と家を出ていきました。母は私たち五人の子どもを、女手一つで育て苦労しました。それからよ、私の人生がおかしくなったのは」

初対面の私に、自分の家庭の事情を話したりするでしょうか。本当なのか、嘘なのか作り話かもわかりません。ドラマのような同情を引く話です。

家に着くと、その人は周りを眺め、一戸建てに住んでいる私を、羨ましいと言って帰っていきました。それからすぐに、三円を返しに来たのです。私は単純に良い人だったのだと思いました。あとで気がつきましたが、その行動は、私を安心させ、油断させる手法だったのです。

その日以来、Iさんは、私の家に三日に一度は出入りするようになったのです。それに食事どきを見計らって来るのです。テーブルの上に食べ物があると、

「おいしそうな煮物ねえ。もう何年も食べてないわ。頂いてもいいの？」

と料理上手だと誉めちぎり、三日に一度は、まともな食事にありつけると、考えているようでした。たまたま夫がいるときでも、遠慮をするわけではありません。食事をし、話をして小一時間は居座っていきます。

「あの人には気をつけろよ。弱々しそうに見えるが、相当にしたたかだな」

「わかってるわ」

ある晩、アイロンを貸してほしいと、やってきました。すぐにテーブルの上で、スカーフやブラウスにアイロンをかけています。手を動かしながら、口も同様でした。家中を舐めるように見ながら、ねっとりと猫撫で声で話します。

成人女性がアイロン一つ持っていない。今後、どれほどこの女性に悩まされることかと、不安になりました。家々を遊び歩き、自堕落に生きてきたのでしょう。あまりにも厚かましいので、聞きました。

「Iさん、あなた仕事はしているの？」

「いまは無職よ。そのうちまた働くわ。でもね、三か月しか続かないの」

私の頭に（働きたくない者は食べるな）という聖書の言葉が浮かびました。彼女の仕事が続かない理由は、人の顔を見るときに、舐めるように、上目遣いで見るためです。その悪癖が、人間関係を複雑にしているようです。その夜の食事は餃子でした。彼女は餃子を口に運びながら、

「皮に焦げ目がついてぱりっとしてる。これがおいしいのよね。それに身だくさんの野菜スープ、体によくてとっても温まるわ。ここに来ると、ほっとするの」

相変らず、口達者な人でした。

「結婚願望はあるの？」

「結婚はしたいけれど、男の人はみな逃げていってしまうの」

と言って笑っていました。三十五歳の今日まで、ついぞ男性から愛されたことはなかった、と告白したのです。暗くて悲しいその目が宙に浮いていました。その目の色は、彼女が小学生のころ、父親が愛人をつくって家を出ていった。その日の情景が心に残り、失望、落胆、哀しみ、怒りの思いからではと、推察します。

「行かないで」と言いながら、縋がる母の手を振り払うように、父は女の人と出ていきました。その場に泣き崩れるお母さん。その姿が、いまも彼女を苦しめているようでした。

「男の人が信じられないの」

とつぶやく彼女は、その日から男性不信となったのでしょう。無意識でしょうが、母を裏切った父親を許せないで、生きてきたのかもしれません。彼女の心にはいまも深い傷が残っています。私の家に来るたびに、こう羨《うらや》みました。

「中里さんは幸せだわ。こんな可愛い坊っちゃんがいて、旦那さんも優しそうね」

と言っていましたが、意外な展開になりました。あちこちの教会を訪ねてみたら、気持ちよく泊めてくれたというのです。教会は誰に対しても門戸を開いています。なんらかの事情があって、困っている人には、手助けをしてくれます。真摯に自分の生き方を見直そうとする人は、より歓迎してくれます。

「Iさん、私はイエスさまを信じて、まだ五年目のクリスチャンだけど、あなたは」

「……」

（彼女も、幸せを求めているんだわ）

「牧師の奥さんがね、信じる者は救われますと教えてくれたわ。目がとっても優しくて、温かかったわ」

　話がしやすくなりました。

「そうよ。その言葉の通りよ。本気で信じる人には、ちゃんと応えてくれるの。だから求めるとよいことが起こるわ。仕事も結婚も、きっと上手くいくわよ」

　来るたびに話をすると、半信半疑ながらも、いくらか希望が見えてきたようでした。

　そんな矢先のある晩、彼女は、五千円を貸してほしいと、ドアの前に立っていました。その夜は、なぜか上がっていきません。不思議に思いました。季節は十一月末でした。私は空を見上げて、

「寒くなってきたわね。ストーブ持ってるの？」

と聞くと、彼女は首を横にふって、黙りこくっています。私は気の毒に思い、お金と小さな電気ストーブを手渡しました。

　それから、二週間ほどなんの連絡もありません。心配になりアパートへ行ってみました。大家さんの話では、十日前に、荷物をまとめて部屋を出ていったと言うのです。彼女は、人生の重荷を背負い、幸せに背を向けて、どこへともなく、去ってゆきました。

部屋の隅には、小さなストーブが、ポツンと置いてあるだけでした。

やれやれ

冬の日だまりの中で、私は変わらず洗濯機を回していました。そばで二歳の息子が、足にまとわりついてきます。平隠で幸せな日々が過ぎていきました。

朝の八時ごろ、会社へ出勤する人たちが足速に出かけていきます。後ろ姿をなんとはなしに見送りました。知らない人ばかりです。その日も、しぼった洗濯物を取り出していると、

「おはようございます」

誰かが声をかけていきます。私は後ろ向きの姿勢ですから、道行く人はわかりません。

明くる朝も、同じように声をかけていきます。振り向くと、五十歳くらいの男性でした。恰幅のよい人です。知らない人なので、目礼だけしました。何日か挨拶を交わすうちに、柵越に話しかけてきました。

「奥さん、いつもここで、洗濯機を回しているでしょう。おっとりしていて、幸せそうな人だなあと思って見ていました」

「あら、そうですか。洗濯機を回していると、どうして幸せなんでしょうか」

尋ねると、その人は笑いながら答えました。

「いや、いや奥さん、幸せそうに見えるというのはね、理屈じゃあないんですよ。私が奥さんを見て、そう実感したのですよ」

「まあっ、それはありがとうございます」

私は素直にお礼を言いました。

一九六九年、クリスマスの夜二十六歳のとき、イエスさまを信じてから、今日まで、（幸せだなあ）と実感しながら生きてきました。それが伝わったのかもしれません。

それとも、朝の八時ごろ、のんびりと洗濯機を回しているので、暇人に見えたのでしょうか。その人は、五、六軒先のご主人でした。病気で寝たり起きたりの父親の、面倒を看ているとのこと。その日も、柵越しに遠慮がちに話しかけてきました。

「おやじが家で一人で寝てるんですよ。たまに遊びに来てやってください。私が会社に行ってる間に、話し相手がいないんです。奥さんのような人に来てもらったら、おやじも喜ぶと思うんですよ」

「はあ……」

「わが家はこんな状態ですから、女房は介護づかれで、子どもたちを連れて実家に帰ってしまったんです」

それはお気の毒にと思いました。

在宅介護がどんなに大変なのかは、体験のない私にはわかりません。なぜ他人の私が行かなければならないの、と思いました。介護の専門家に頼むなりして、奥さんの負担を軽くしてあげればよいのです。

経済的には、困っているようには見えませんでした。

やれやれ、知り合う人は皆、それぞれの重荷をかかえて生きていました。先の日野Iといい、この隣人もそうでした。夫に相談すると、

「世の中は、善い人ばかりじゃない。人を利用する人もいるんだよ。深入りはするなよ。他人の家のことだからな。お前が手伝いに行ったって、解決するような問題じゃない」

私も同感でした。でも毎朝挨拶していかれるし、知らんぷりはできないし、困りました。私も出産のときには、お向かいの老夫婦に助けられました。近所隣、困ったときはお互いさまです。


「あなたの隣人を、あなた自身のように愛せよ」

（マタイの福音書十九章19節）


聖書の言葉が頭に浮かびました。

子どもを連れて、様子を見に行きました。玄関には鍵がかけてあるので、裏庭から入ってくださいと言われていました。縁側から二間つづきの部屋を覗くと、奥に布団が敷いてあり老人が横になっていました。

「ごめんください」

声をかけると、話がしてあったのでしょうか。老人が這うようにして、廊下まで出てきました。終日、

一人で寝て過ごしているようです。でも意識ははっきりしています。それから私を相手に、昔話を長々と始めました。

つまり、「昔は良かった」の話です。人間は歳を取ると、同じ話を何度もすると聞きましたが、その通りでした。

「私は今年で八十になりました」

（この間きたとき、聞きましたよ）

「阿佐ヶ谷に越してきて、もう何十年になりますかなあ」

（その話も聞きましたよ）

どれくらいたったのかも忘れているようでした。

「こんな不自由なからだになりましてねえ。息子にも迷惑かけて、人生というのはつまらんもんですよ。ずっと寝てばかりです」

（私のせいではありません）

「嫁が私の看病疲れで、夫婦げんかが絶えません。それで嫁は我慢できなかったんでしょうな。孫を連れ出ていきました。息子も可哀相なやつですよ」

（それはお気の毒に）

初めはくどくど、愚痴っぽい話でした。子どもが飽きてきたので「帰ろう」と私の手を引っぱります。老人の話は続きます。

「私も若いころは、ばりばり働きました。それでこの家を買ったんですよ」

誇らしげに家の中を見ていました。

「会社では、私の下にも部下がいましてねえ。仕事が終わると、みんなを連れて、よく飲みに行ったものです。もちろん私の奢りですよ」

出世の自慢と、過去の栄光を懐かしんでいたかと思うと、急に、萎れてしまうのです。

「あのころはよかったですよ。でも人間は病気になったら、もうお仕舞いです。お迎えが来るのを待ってるだけです。寂しいもんですよ」

同じ話を感情こめて聞いていたら、私のほうが疲れます。さらりと聞き流しました。

八十歳の老人と、三十代の私です。どう対応したらよいのか、わかりませんでした。

「これからいいことがありますよ」とは言えませんでした。話を聞いて、うなずくしかありません。私が訪ねていくのに、気をよくしたのでしょうか。今度は、風呂に入れるのを手伝ってほしいと、頼みにきました。老人の寝間着をぬがせて、湯船に入れる準備をします。

「私がおやじの両脇を持ちますから、奥さんは両足を持ち上げてください」

大柄な人でしたので、簡単には持ち上がりません。重心がすべて、こちら側にかかってきます。私は力いっぱい持ち上げ老人をゆっくり浴槽に入れます。

「よいしょ、これは大変ですねぇ」

本人を前にして、思わず口走ってしまいました。ご主人もそれに応えて、

「はい、そうなんですよ。ですから毎日は無理なんですね。今日は本当に助かりました」

「いいえ、どういたしまして」

男の人が一日中働いて、疲れたからだで父親を風呂に入れからだを洗い、そのあと食事を作って食べさせます。ほんとうに重労働です。人が生きていくことの困難さを、目の当たりにして、私はいやはや、驚きを隠せませんでした。


ついでに食事作りもお願いしたいと、溜息まじりに、助けを求める目を向けてきましたが、これ以上はできないと断りました。夫も帰宅する時間であり、夕食の準備があります。

その後も、風呂に入れるときと、話し相手になるときだけ協力しました。

それがこのところ、ぱったり頼みにこなくなったのです。気にはなりましたが、わざわざ声をかけることもないと思いました。それから、十日ばかりが過ぎていきました。

「奥さん、おはようございます」

外で明るい声がします。出てみると、手伝いに行っていた家のご主人でした。

「まあっ、さっぱりしたお顔で、なにかよいことがあったようですね」

労苦から解き放されたような、嬉しい表情です。そして真顔で、

「おやじが死んだんですよ、急に。それで葬式やらなにやかやで、ようやく片づきました。親類も来てくれましてね」

「そうだったのですか、失礼なことを言ってごめんなさい。よいことがあったなんて、言ってしまって……」

私が口に手を当て、申しわけなさそうにすると、

「いいんですよ。奥さんの言われる通りです。親父も、あのまま長生きしてたら、本人も辛いし、私も肩の荷が下りて、ほっとしてるんです。助けてもらって、ありがとうございました。それじゃ会社に行ってきます」

ご主人は、報告が終わると、足どりも軽く仕事に出ていきました。私は道に出て後ろ姿を見送りました。ご主人はもう一度振り返ると、よほど嬉しかったのでしょう、

「あっ、そうそう、妻と子どもたちが実家から帰ってきましたよ。それじゃまた」

やれやれ、戦い済んで日が暮れて、ようやく、一つの家庭に平穏な日々が戻ってきました。どうぞお幸せに——。

罪と死

人は額に汗して懸命に働き、家庭を持ち子どもをもうけ大きくし、歳を取り、病気になって苦しみながら死んでいきます。これが人の一生だと思ったら、なんと空しく、儚いことでしょうか。私は納得できませんでした。

それに、ついこの間まで生きていて話していた人が、この世から消えてしまったのです。もっと優しく、感情こめて話を聞いてあげればよかったかなと、ちょぴり後悔。老人のからだは焼かれて灰になり、土に還りました。魂はいったいどこへ行ったのでしょうか。

私が死を初めて意識したのは、小学四年生の後半でした。祖母が亡くなったのです。大きな仏壇の前に亡骸は置かれていました。

私が大好きだったおばが祖母の遺体にとりすがって、一晩中泣いていたというのです。

「お母さん、お母さん、死んだらいやや。返事して、話して！」

おばの悲痛な叫び声にも、祖母は返事をしてくれません。人は死ぬと、からだは石のように硬くなり冷たくなります。「魂」が創造主によって取り去られたので、祖母はなんの反応もしなくなりました。

（あんなに温かかったおばあちゃんのからだや手が、なんでこんなに冷たくなるの）

仏壇のろうそくの、細い煙がゆらゆらと揺らめいて、ぞくっとした怖さと寂しさが、私を襲いました。たたみ一畳分ほどの、大きな仏壇が、死の恐怖をより際立たせていたのでした。子ども心に焼きついた、その光景をいまもはっきり覚えています。人が死ぬ様子を見て思いました。父や母もいつかは死ぬのです。姉や弟もそして私も。死によって、家族は引き裂かればらばらになるのです。なぜこんな悲しいことが、この世にあるのだろうか。私は死を認めることができませんでした。

それ以来、死は私にとって恐怖となり、大人になってからも、ずうっと、私を不安にさせました。追求しながらなぜ人は死ぬのだろうか、頭の中が疑問で膨らみました。私にはその前に、解明し解決しなければならない、問題があったのです。

二十二歳のときに、結婚差別の問題にぶつかってしまったのです。同和地区に生まれたという、それだけの理由で、差別を受けました。人は親も出身地も選ぶことはできません。私はなぜ差別されたり、侮辱されたり、人として価値がないと言われるのだろうか。この問題を解明するため、私は教会の門をたたきました。

「求めなさい。そうすれば与えられます。捜しなさい。そうすれば見つかります。たたきなさい。そうすれば開かれます」
（マタイの福音書六章７節）

聖書が私の「なぜ」という疑問に応えてくれました。全能者である神と、私との間には、大きな深い川があり、神との交わりは断絶していたのです。天と地ほどの隔りでした。こちらから向こうへ渡ることもできないし、また神の側から、手をさしのべることもできません。そういうわけですから、神と私との間をとりもつ、仲介者としての、イエス・キリストを信じるようになりました。この方は、罪を犯したことがないので、神の御子と呼ばれています。

私は「法律」で裁かれるような罪は犯していませんが、心の中では罪を犯していました。人を憎み恨んだり、怒りや憤り、ねたみや高ぶり、高慢など、心の汚れに悩んでいました。死の恐れは、罪の大きさの影に隠れて、さほど表面に大きく表われることは、なかったものの、絶えず不安に悩まされたものです。

このような私の罪の身代りとなって、イエス・キリストは、十字架にかかり死なれました。イエスさまを、ただ信じたことによって私の「魂」と精神は、死から命へとよみがえりました。したがって、神との断絶はイエス・キリストによって、回復したのでした。私の犯してきた罪は、すべて許され、神の子としての身分をいただき、天国へ入ることが保証されることになりました。

心の中の罪は清められ、怒りや恨みも、跡形もなく消えていったのです。と同時に、子どものころからの死への恐怖もすべて消え去っていきました。罪と死の問題の解決は、イエス・キリストによってのみ、可能となるのです。それゆえ、それはこの世に生きている間に、解決しなければならない問題なのです。


聖書が語る死生観、死は生の終わりです。それゆえ、あらゆる生命あるものに、一回限り起こり、死を免れる人は誰もいない、ということです。

天地万物を造られた、全知全能の神は、人間をも創造しました。神は人間を土地の塵でかたち造り、命の息をふき込まれました。ですから、人は死ぬと、体はもとの土に還り、息はこれをくださった、創造主に還ります。

死はもとからあったわけではないのです。人間は神の形に創造され、神との交わりの中で、完全な命が与えられていたのです。それなのに人間は、善悪を知る知識の木の実を食べてはならないという神の戒めを破ったために死ぬ結果となりました。

この死は肉体の死であると同時に、神から離反するという死をも意味しているのです。死はすべての終わりではないですし、人は死ぬと無になるのでもありません。

肉体は死んでも、霊魂は生きているのです。「罪から来る報酬は死」であると、聖書に明言されているように、死は自然現象ではなく、人間が犯した罪の結果なのです。

人はイエス・キリストを受け入れるまでは「死」の支配下にあり、死に勝つことはできません。ところがキリストを受け入れた者は、死に打ち勝ちます。なぜなら、イエス・キリストは全人類の罪を背負って、身代りとなり、十字架にかかり死なれたからです。さらにイエスは死者の中から、よみがえられ、復活しました。ゆえに、キリスト者もまた復活するのです。

「人間の死は、神の国へはいるための前提であり、準備期間なのです。地上に活かされている間は、それにふさわしい生き方をするのが極めて肝要ではないかと思います。クリスチャンは死を目の当りにしても安らかであり、恐れはすべて消え去ります。死というドアを開けると、そこは輝くばかりの神の国、天国なのです。『神が共におられて、彼らの目の涙をすっかりぬぐい取ってくださる。もはや死もなく、悲しみ、叫び、苦しみもない』新しい天と地を見る展望が広がっていくばかりです。それは永遠に――」
（ヨハネの黙示録　二十一章4節）

イエスさまを伝える

私の家族がクリスチャンになるまでには、六年ほどの歳月がかかりました。私は毎年、夏と冬、三重の田舎に長男を連れて帰りました。両親は三歳の孫を見て手をたたいて喜び、いちばんの親孝行ができたと思っています。

私も父と母、姉や弟に会えるのが唯一、なによりの楽しみでした。姉は結婚して隣村で暮らしています。

私の故郷は温暖地方ですから、暮らしやすく、家の周りは、のどかな田園風景が遠くまで広がっています。子どものころ、よく遊んだ川や小川も変わりません。小学校の桜の木や鉄棒、ブランコも当時のままです。帰るたびに田舎ならではの、のんびりとした素朴な暮らしを思い出し、遠くまで広がる雄大な大空に解放感を味わったものです。

実家に帰るもう一つの目的は、イエスさまを伝えることでした。家にいる四日間のあいだに伝えなければなりません。昼間は隣村から姉も遊びに来ていて、雑談に花が咲きます。話が終わると、姉は自分の家に帰っていきました。夕飯が済んでしばらくすると、両親は自分の部屋で休みます。起きているのは弟だけです。

私は夜遅くまで、弟を前にして、人生の話をしました。

「人生というのはね、順調にいっているときは、神も仏も必要ない、と思うものなのよ。でもね、行き詰まったり、途方に暮れるときがあるわ。人生の川が枯れるのよ。人は誰でも一生のうちに、一、二度、大きな危機に直面することがあるわ。すると人は神も仏もないものかと言うのよ」

「ふうーん」

弟はわれ関せず、という風な顔で聞いていました。私は話を続けました。

「例えばね、災害や事故に遭ったり、失業したり、人間間のトラブルや悪い人に騙されたり、また病気にならないとも限らないわ。要するに、この世は天国じゃないってことよ。闇の時代に、何を信じて、何を心の拠りどころとして生きていくのか、自分の力だけでは生きられない、ということを伝えたかったのよ」

弟にとって、私の話はまるで年寄りのお説教のように聞こえたかもしれません。

私はこのとき、三十三歳です。弟は二十八歳でした。

私には若いときから、何度も辛くて苦い体験があり、行き詰まりや挫折を経験してきましたから、よくわかるのです。弟にその先の話をしようとすると、弟は、さえぎるように、

「でもぼくは、いまのところ、そんな苦しみや悩みはないなあ。健康で仕事も人間関係も順調にいってるし、独身を謳歌してるしな、いまのぼくには、あんたの話は当てはまらへん」

と、あっさり切り捨てました。

聞く耳持たずの弟に、わかりやすい話をしてあげました。

「二人の人が自分の家を建てました。一人は岩の上に、もう一人は砂の上に。ある日、雨が降って洪水が押し寄せてきました。その家は、風が吹いても、洪水が来ても倒れませんでした。岩の上に建てられていたからです。

砂の上に家を建てた人は、大嵐が来て、大洪水にのみ込まれ、家もろとも押し流されてしまいました。

それはひどい倒れ方でした」

弟は関心がないようなので、それ以上はすすめませんでした。信仰とか、宗教というものは、年を取ってからのもの、と思われているようですが、決してそんなことはありません。

私は一九六九年、二十六歳のときに、イエスさまを信じたのですから。むしろ、若いうちに、信仰を持てば、その醍醐味を、この世で長く、味わえるというものです。

私は弟に信仰の面からではなく、手法を変えて話をしました。

聖書は、世界のベストセラーです。聖書ほど、世界に多大な影響力を及ぼしている書物はほかにはありません。

日本人は、聖書やキリスト教とは何の関係もない、と思って過ごしているかもしれませんが、身近な生活の中に、それは見つけることができます。

一週間が七日であるのは、旧約聖書の冒頭にある「創世記」が起源となっています。また、日曜日に休む習慣も聖書からきているのです。

天と地は神が言葉の力をもって六日間で創造しました。七日目に完成を告げられ、すべての業を休まれたのです。それで七日目を祝福し日曜日は、人にも休むようにと告げられたのです。

世界共通の西暦も、イエス・キリストの生誕の年から一千年を単位として区切る年代の数え方です。したがってイエスの生誕から本の頁をめくるように数えて、今年は一九七五年となったのです。

ですから西暦を使用することは、とても便利なのです。何百年前のことも、西暦で数えれば、容易にわかるようになっています。

加えて、十二月二十五日のクリスマスも、世界中に影響を与えています。クリスマスは、イエス・キリストの誕生を祝う日です。信仰がある、なしにかかわらず、私たちは毎年クリスマスを祝っているのです。

聖書は、世界の文学、音楽、美術、建築、人物にも強い影響を及ぼしてきました。

奴隷解放を宣言した、アメリカ合衆国の大統領、アブラハム・リンカーンは有名です。

マザー・テレサはカトリックの修道女で、インドのカルカッタで貧者、孤児、病人の救済に貢献し、のちにノーベル賞を受賞しています。

ナイチンゲールは、イギリスの看護婦で、クリミア戦争に際し多くの看護婦を率いて、傷病兵の看護に当たり「クリミアの天使」と呼ばれました。

その他にも、スペインの宣教師、フランシスコ・ザビエルは有名です。

日本に渡来した最初のイエズス会士は、スペインの貴族であるこのザビエルでした。一五四九年鹿児島に来日し、日本各地にキリストを伝道したのです。キリストの愛の実践を旨とし、貧者病者に奉仕しました。

日本では杉浦千畝がよく知られています。

杉浦は外交官で岐阜県出身です。第二次大戦中、駐リトアニア領事代理として、亡命を求めるユダヤ人難民に、日本通過ビザを発給したのです。

これらの人々は大きな志を神から授かり、勇気をもって断行したのでした。

私たちがなにげなく使っている言葉にも「人はパンのみで生きるにあらず」や「働かざる者は食うべからず」も聖者の言葉です。

「求めなさい。捜しなさい。たたきなさい。そうすれば与えられます」

誰もが知っている有名な言葉です。

弟は私の長い話を聞きながら、眠い目をこすっては一応、付き合ってくれました。

「へえーそうなん。それは知らんかったなあ。知らず知らずのうちに、聖書の影響を受けて生活してるんやなあ」

夜、遅くまで話をしていると、隣の部屋で寝ている母が、

「話はもうそれぐらいにして、休んだらどうや。また明日話したらええやないか」

きっと話し声で寝つかれなかったのでしょう。

「さあ、もう寝よか」

「うん」

「また明日聖書の話するから、楽しみにしてて」

「……」

私は毎年、実家に帰るたびに話をし、弟は嫌々ながらも、私の話を聞いてくれたのです。両親は私がイエスさまを信じたことを、とても喜んでくれていました。幸せな家庭を築いていたからです。熱心に話す私に弟はこう言いました。

「イエスさんって、ほんまにすごい方やということはようわかった。でもぼくはいまのところ、神さん必要ないし、間に合ってます。それに男は神さん頼りにしてたら、人から弱い人間やと思われるしな。自分の力で十分やっていける。自信はある。またそのうち、信じるときがあるかもな。そのときはまた頼みます」

やんわりと、上手に断わりました。

東京に帰るその朝、私はこう言い残しました。

「苦しいときの神頼みということもあるわ。そのときは、必ず教会に行きなさいよ。助けてくれるからね」

三重県にある教会の住所を教えてきました。そうすれば、いつでも門を叩くことができるでしょう。

福音への招待

どうしたら、三重の家族が一日も早くクリスチャンになってくれるだろうか。考えない日はありませんでした。いつも祈りながら信じている言葉がありました。

「主イエスを信じなさい。そうすれば、あなたもあなたの家族も救われます」
（使途　十六章31節）

この言葉は約束を伴ったものであり、この約束の言葉を信じなさい。そうすれば、あなたもあなたの家族も皆、幸せになりますよと教えているのです。私は毎日のようにこの言葉を口遊みながら、信じ続けました。

ではなぜイエスさまを伝えたいのでしょうか。それは私の人生に、「人は新しく生まれ変わる」という奇跡が起こったからです。私の人生を暗闇から光に変えたのは、教会の前の道端でもらった、たった一枚のチラシでした。チラシには、イエスさまを信じて救われた日の、主婦の体験談が紹介されていました。

「私はかつて、不安と恐れの日々を過ごしていましたが、イエスさまを信じるようになってから『安心』した喜びのある生活を送っています――」

と書かれていました。私は「安心」という文字に釘づけとなり、吸い寄せられるように、

(そうだわ。私は長いこと少しも安心して生きてこなかった、私がいま切にほしいのは、この安心感なんだわ。ずうっと探し求めてきた幸せとは「安心」して生きることなんだわ)

短い文章を読みながら、はっと気がついたのでした。チラシは、土屋主任牧師によるクリスマス伝道集会の案内だったのです。

(そうだ、私はもう休みたい、重荷を下ろして、安心したい！　この教会へ行けば、救われる！)

そう思ったらたまらなくなり、私はチラシを持って部屋を飛び出し、気がついたときには教会の玄関の中へ入っていたのです。教会堂に着くまでの四、五分、その間のことはなにも覚えていないのですが、夢中になって走っていったのだと思います。

「溺れる者は藁をも掴む」の心境でした。教会の玄関に辿り着いたときには、もう身も心も疲れ果て、ボロボロになっていました。

私をずっと苦しめてきたのは、冷たい憂き世の風でした。相談できる人は誰もいない、心の内側を語り合い、打ち明ける人は誰もいなかったのです。むしろ人が怖くて、恐れが心の中を支配していて、いつも委縮していました。生きていくことの心配や不安、将来への希望が見えないことの焦りと絶望感、気がつけば私の性質は、人として破綻していたのです。感激したり感動する心はまったくなく、胸の奥に氷のような、ひやっとした冷たさがあって我ながら驚くばかりです。

私の人生の川が枯れ果てたときでした。

聖書が語る罪の深さが、私をがんじがらめにしていて、空気すら自由に吸えませんでした。

ところが一九六九年クリスマスの夜、イエスさまを信じたその夜から、状況が一変したのです。真っ暗やみだった私の心の中に、一条の光が差し込んできたのです。その光はどんどん広がって、心の隅々まで照らし始めたのです。するとどうでしょう。負の感情や、マイナスの情景が不思議なように消え去っていったのでした。深かった心の傷も、たちまちにして跡形もなく癒されているではありませんか。精神的な痛手だった心の傷が消え去ったのでした。

光であるイエスさまが、私の心の暗闇をすべて消してくださったのでした。

人に対する怒りや憤り、恨みつらみや妬みなど、孤独や寂しさ、生きていることの空しさはかなさがすべて消え去ったのでした。人がいちばん怖かったのですが恐れが消えたのは勿論です。私をしばっていた縄目から、ふうーっと解き放されたのは言うまでもありません。

私の信仰は、厚ぼったい聖書をよく読んでから救われたのではありません。人生の途上で、偶然に出会った人が、チラシを配って私に手渡してくれたのです。

それから、私に細やかな配慮をしてくれた人がいたのです。その人はクリスチャンで、平井幸子さんといいました。彼女の自然な明るさや佇いに、ふと、心惹かれるものがあり、いろいろ尋ねているうちに、

「イエスさまを信じて暮らしているの。ここに将来の希望と安心があるの」

と嬉しそうに控え目に熱く語ってくれました。私の知らないところで「広島（旧姓）さんがイエスさまを信じてくれますように」と背後で祈ってくれていたのです。また私が教会へ駆け込んだときには、大井りつ子さんが近づいてきて、どうしていいかわからない私に丁寧に、信仰へのあり方を教えてくれました。じっくり私の悩みや苦しみを聞いたあと、

「イエスさまなら、どんな苦しみがあっても、あなたを助けることができるのですよ。一緒に祈りましょう」

と言って祈ってくれました。

大井さんは生きておられるイエスさまに親しく語りかけました。

「イエスさま、広島さんはいまいちばん辛い人生の道を歩んでおられます。愛する人から、別れの言葉を告げられました。なんと悲しいことでしょうか。助けてあげてくださいますように。心の傷も癒してください。立ち上がらせて生きる力を与えてください。これからはイエスさまを信じて、頼りにして歩

めますように。イエスさまのお名前によって祈ります。アーメン」

二人で心を合わせて祈りました。涙がぼろぼろあふれでました。その涙は不思議と、悲しみの涙ではありません。魂が揺さぶられるような新しい感激の涙だったのです。はからずもこの日から私は真新しく生まれ変わりました。一八〇度、方向転換したのです。私の心には夢と希望があふれ、喜びがふつふつと心の底から湧き上がり、嬉しくてたまりませんでした。空っぽだった私の心に、イエスさまが住んでくださって、豊かに実を結び始めたのです。愛と喜び、安心と寛容、親切や善意、誠実、柔和、自制などです。

私の信仰への出会いとは、人から人へ、口伝によって、肉声と体温をもって、伝わってきたのでした。

（こんな素晴らしい、イエスさまを、なんとしても三重の家族に伝えたい！）

この光は私の心の中だけに、収まることなく、今や私の家族にまでも、広がっていこうとしているのです。


私には継続していることがありました。

それは教会の「祈り会」に出席することでした。教会では水曜日の夜、七時から九時まで、毎週開かれています。

祈り会は、それぞれが直面している課題について、話し合ったりして共に祈り合うのです。共に心を合わせて祈り合うことは、問題解決のための、早道であると実感していたからです。私の祈りの課題は、

いつも、

「私の三重の、父と母、姉と弟が、一日も早くイエスさまを信じて、クリスチャンになりますように」

というものです。

祈り合うこと、これは前向きな姿勢です。神であるイエスさまに対する全幅の信頼の表われでもあります。

薪は一本だけでは、燃え尽きてしまうのです。でも、二本、三本と薪をくべればその炎は、何倍にもなって燃え上がるのです。いつも三十名ほどが祈り会に集っていきました。その人たちが五、六人ほどの小さなグループになって祈り合うのです。

ある日の祈り会の夜。一人の女性が近づいてきて、自己紹介をしました。

「初めまして飯田と言います。中里さんが熱心に自分の家族のことを語り、祈っておられるのを見て、私も心が熱くなりました。実は、私もあなたと同じ三重県なんですよ」

「まあっ、そうだったのですか」

同じ教会に集まってはいても、話をしない限り、どんな悩みを持っているのか、わかりません。人数が多い教会の場合にはなおさらでしょう。

私はこのとき、自分のことを話すことの大切さを知りました。

私はこういうことで悩んでいる。だから祈ってほしい。助けてほしい。悲しみや苦しみがあったら、それを隠すことなく、ありのままを打ちあける。曝《さら》け出してみる。イエスさまの前にも、人の前にもです。

「自分の家族のことを話すなんて、いいことならまだしも、負やマイナスのことは話せない。家の恥さらしにもなる」

という考え方の人もいますが、人間は所詮、自分ひとりだけでは、生きてはいけない存在なのです。問題を、ひとりで抱え込んでしまったのでは、行き詰まるのは当然ではないでしょうか。飯田さんは私に言いました。

「中里さんの家族が、イエスさまを信じるように、私も祈って協力します。私ね、津市の牧師さんと親交があるの、だからあなたに紹介するわ。紹介状も書いておくわね」

なんというよい機会に恵まれたことでしょうか。閉じていた道が開きつつあります。不可能が可能となっていく過程は、それはもう心踊るものがありました。

私は飯田さんが紹介してくれた、自宅が三重県津市にある須永先生に手紙を書きました。

イエスさまを信じたときの経緯を、便箋三枚に書いて送ったのです。すぐ返事が来ました。

「あなたの家族のことは、覚えて祈ります。きっと、クリスチャンになりますよ。イエスさまに期待しましょうね」

心強い言葉が書き記されていました。こうして須永先生と、私の家族との交流が始まったのです。

ちょうどそのころ、姉が胃潰瘍になって、津市内の病院に入院したと父から知らせがあったのです。

私は東京にいるのですぐ行くことはできません。須永先生に知らせました。すると、先生はすぐに季節の果物を持って、姉を見舞ってくださったのです。姉が喜んで知らせてきました。

私は毎年、夏と冬に長男を連れて三重の田舎へ帰り、須永牧師の自宅を訪ねるようになりました。もちろん、姉と弟もいっしょにです。行くたびに先生は、喜んで私の家族を迎え入れてくださいました。自宅の講壇に立って話をされる先生は、背筋がすらりと伸びて上品で、温かい話をされる方でした。もう間もなく私の家族がイエスさまを信じて救われる、という奇跡が起こりそうな予感に、期待が膨らみました。

交流が始まって一年後、教会堂を建てるという話を耳にしました。私は早速、毎月五千円を教会堂の建設費のために献げました。十年という約束で協力したのです。

生活は苦しかったけれども、献げることを最優先事項として、約束は守りました。

一九七三年から一九八二年までのこの時期は、家族伝道のために全力投球したときでもありました。

良い知らせ

月日は過ぎて、阿佐ヶ谷の私の家でお昼ごろ、電話が鳴りました。須永先生の明るい声が響きました。

「お姉さん、喜んでください。弟さんがイエスさまを信じて、クリスチャンになりましたよ。本当によかったですねえ。私も嬉しいです」

この吉報に、私は電話の前で先生に、何度も何度も頭を下げました。遂に私の願いが叶い報われた日でもありました。

イエス・キリストは、人を罪から救い、その罪を許し、苦難、死の恐怖、重荷から解放してくれます。また病気の人を癒し、保護し、災いと危険な状況からも救い出してくださいます。イエスさまを信じる者は、常に神の守りがあり、安心して生きることができるのです。

魂の救いの結果として、イエスさまと同じような性質に形造られていくのです。これが福音の素晴らしさです。私が弟に伝道したときに弟はこう言って断りました。

「いまはぼくは、神さん、必要ないなあ。間に合ってます。自分の力でやっていける。その自信はあるし、男は神さん頼りにしてたら、人から弱い人間やと思われるしなあ」

私にそのように豪語していた弟に、何があったというのでしょうか。

弟の証言によると、事故を起こしたと言うのです。この世というのは、明日なにが起こるかわからないのが常なのです。

弟は自分の能力を過信しすぎた結果、思わぬ事故に遭遇してしまったと言うのです。幸い大事には至らず、相手の方との話し合いで和解したのですが当然、車の運転はしばらくはできなくなり、弟の精神は混乱状態に陥ったというのです。一瞬、自分は死ぬかもしれないと感じ、そのとき味わった死の恐怖に、震えおののいたと言うのです。

「窮地に陥ったときは、教会の門を叩きなさいよ。助けてくれるからね」

私が毎年、田舎に行くたびに言っていた言葉を事故現場で弟は、思い出したと言うのです。そして、すぐに須永牧師宅の扉をたたいたのでした。事故がきっかけとなり、弟は神の存在の大きさを発見したと言うのです。また何が幸いを招くかわからないのも、人の世の常であり、怪我の功名というものです。一九七五年に弟はイエスさまを信じてクリスチャンになりました。そうは言っても生まれたばかりです。一人では歩くことはできません。私は毎年、田舎に帰り、クリスチャンとして幸せに歩んでいくためのコツや秘訣などを弟に教えました。

「主イエスを信じなさい。そうすれば、あなたもあなたの家族も救われます」
（使途　十六章31節）

私はいつもこの言葉を信じ、口に出して唱えていました。するとその通りになってきたのが不思議でした。これに加えてまたいいことがありました。私が二番目の子どもを宿していたのです。（今度は女の子かしら）

楽しみが増えていきます。その後も次々と芋蔓式のように、父と姉がイエスさまを、信じました。経緯は、その年の冬、アメリカから、レックス・ハンバード世界宣教団が、日本にやって来るという情報を得ました。この宣教団は、〝祈りの鍵家族〟を立ち上げ、テレビでも「明日への希望」と題して放映されていました。これは絶好の機会だと思いました。私はすぐに父と姉を東京に招きました。母は乗り物酔いがするので来ることはできませんでした。

案内役は、もちろん、先にクリスチャンになっていた弟です。三人は喜んで東京にやって来ました。

集会は日本武道館で開かれました。

ハンバード牧師は、聖書から熱烈に、わかりやすく語られました。集会は初心者の魂の獲得ですから、当然、牧師からの力強い招きの言葉がありました。聖書の話のあと、

「今日、イエスさまを信じたい方は、前へ進み出てください。私といっしょに祈りましょう。さあどうぞ、いまがチャンスです。祝福を受けるときなのです」

招きの声は、ひときわ大きく、会場に熱く迫り、響き渡りました。何千人という人々が集まっている会場はものすごい熱気でした。

「おからだのご不自由な方も、痛んでいる方も、もう私の病気は治らないと、諦めている方も、いま、イエスさまに祝福されて、治していただきましょう！　イエス・キリストに不可能はないのです。いまが救われるときなのです。遠慮しないで、どうぞ前へ進み出てください」

ハンバード牧師は、壇上に立ち、人々が前に来るのを待っておられました。

一人二人が立ち上がると……五人十人……左からも右側からも、正面からも次々と、人の波が揺れるように、前へ前へと続いていったのです。

「前へ出ていくと、いいことが起こるわよっ」

私は笑いながら父と姉に話しました。講壇の前には大勢の人々が立っていました。

ところが、父と姉は席に座ったまま。このころ、姉は喘息に悩まされ、夜になると咳き込んで、眠れ

ない夜を過ごしていたのです。

（特別にイエスさまが治してくださるというのに、しかも無料なのに、どうしたのかしら）

私はもう一押し、父と姉に促しました。

「前に出ていって祈ってもらうと、姉さんの喘息も治るし、幸せになれるのよ。病気の苦しみから解放されるし、いいことずくめじゃないの」


二人は顔を見合わせると、前へ出ていきました。期待と不安と、半信半疑が頭の中で入り交じっていたのでしょう。前に出ていった人々は、ハンバード牧師のマイクの声に合わせて、祈っていました。

「主イエスさま、私は今日、聖書に書かれている福音を聞きました。聖書に啓示されている、イエス・キリストは誠の神であり、この方以外に神はないと知りました。この方こそ全人類の救い主です。この事実を私はいま認めました。今までイエスさまを知らずに罪の生活をしてきました。お許しください。私はイエスさまを、私の救い主として、心にお迎え致します。十字架は私の罪の身代りであったことを信じ感謝いたします。今後とも私を導いてください。

尊いイエスさまのお名前によって祈ります。

アーメン」

ハンバード牧師のマイクから流れる力強い祈りの言葉に、心が引きしまる思いでした。会場は心一つになり、大勢の人々はアーメン。その通りですと、心を合わせました。

人間は二度、誕生すると聖書に書かれています。一度目は、母親の胎内で十か月間、育まれ守られます。陣痛のときがきて、この世に産声を上げます。

二度目は聖書が語る父なる神の子どもとして、神の子の誕生としてクリスチャンが生まれるのです。神の子どもが生まれるという立ち会いに、その場に臨席することは、私の最大の喜びでした。父と姉がクリスチャンとなってくれた、これは奇跡というほかありません。

この日、武道館で大勢の神の子どもたちが誕生したのでした。

旧約聖書にノアの箱舟が記されています。ノアという人物に神が「あなたの家族が、大洪水から救われるために、私が示す寸法どおりの箱舟を作りなさい」と命じます。

「ノアは正しい人ですから、忠実に主が命じられたとおりにした。大洪水が起こり、四十日四十夜、雨は降りつづきました。その期間が終わると、水は引き始め、箱舟はアララテの山の上にとどまった。こうしてノア夫婦と、三人の息子と、その妻たちは救われたのでした。神の命令に従って、ノアは自分の家族を大洪水から救い出しました」

（創世記　六〜八章）

人は自分の家族を何から守るのでしょうか。私は自分の家族が、罪と悪を犯さないように、守られるようにと、イエスさまを伝えることに奔走しました。自分の家族が罪を犯すことほど、辛く悲しいことはありません。毎日のニュースを見ていても、あまりにも悲しいことばかりです。

人は弱く、壊れやすく、どちらかと言えば悪い方向へ傾きやすいという性質があるのではないでしょうか。

ですから人が犯す罪は、人の心の内側から出てきて人を汚します。

悪い考え、不品行、盗み、殺人、姦淫、貪欲、不正、ねたみ・そねみ、高ぶり、悪い乱暴な言葉遣いなどです。自分の家族がこのような罪を犯すことがないように、イエスさまに守っていただく必要があるのです。

今回の集会で、父と姉は神の子どもになり、クリスチャンとなりました。あと残っているのは、母だけとなったのです。

集会が終わったのは、夕方になり五時すぎでした。私は三人を九段の改札口で見送りながら、父と姉に確認をしました。

「確かにイエスさまを、心の中に迎え入れたわよね」

父と姉は、改札口を通ると、私に向かって、ＯＫの身振りをしながら「受け入れたよ」と言って、笑って三人で、三重に帰っていきました。やれやれ、これでまずは一安心です。家族伝道は、苦労の多いものですが、何よりも心が躍るようなことでもありました。

一週間が過ぎて、姉から手紙が来ました。

「武道館で、イエスさまを心に迎え入れた、帰りの新幹線の窓には、雪がちらほら降り始めました。夜の九時過ぎに家に着きました。

朝、起きて、庭に出て見ると、真っ白な雪景色です。雪の白さが清らかで、目に染み入るようです。こんなにも奇麗で、きらきらと光る雪は、初めて見る想いです。

それに引き替え、私はなんと罪深い人間でしょうか。はっきり分かりました。

イエスさまは、こんな汚れた私の為に、十字架にかかり、死んで下さったのです。さらに私の罪を許し、今は庭の雪よりも、私の心を清くし、美しくして下さったと、信じています。気がつくと、あんなにも苦しかった、喘息も、すっかり治っているのです！

素晴らしいイエスさまを、紹介してくれて、本当にありがとう」姉より

姉の手紙を何度も読みながら、目頭がじーんとなり、熱いものがこみ上げ、感無量となり……。この手紙の内容は、もう証しそのものであり、姉は自分が新しく生まれ変わったことを証言したのです。私も間違いなく、姉はイエスさまによって、罪から救われたクリスチャンになったのだと、確証を得ました。この手紙が根拠となり、父も同じ思いであったと、父からもいい知らせが届きました。

憧れの天国へ

嬉しくて感謝の日々でした。それから一週間程して、なぜか下腹が痛み出したのです。安定期だというのにです。すぐ病院に電話をすると、

「早産の前兆ですから、絶対安静です。静かに横になっていてください」

それなのに、すぐ入院してくださいとの指示はなかったのです。

(こんなに痛みがあるのに、どうしてなの？)

まだ予定日には早く、陣痛が始まるような早産の兆候が、現われているというのにです。

「腹の右下から激しい痛みが襲ってくるわ。痛い！　物凄く痛いわ。もうだめかも……」

夕食が終わって休んでいた夫は、ただならぬ私の容態に驚いて、すぐに祈ってくれました。

「祈るから大丈夫だ。しっかりしろ！」

夫は右の手を、私の痛みのある下腹に置いて、静かに祈ってくれたのです。祈っている間も痛みは治まりません。自分のことも忘れて家族に伝道することに忙しく、武道館に案内したり、あの日はとても寒かったし、体も冷えて、無理をしたのかもしれません。

夫は十分ほど祈ると、

「さあ、もう大丈夫だ」

「でも、まだ痛いわよ」

「イエスさまに、治してくださいい。癒してくださいいと、必死に祈ったんだから、そのうち痛みは治まるよ。『病人に手を置けば、病人はいやされます』って書いてあるだろう」

夫の言う通りなのです。信じて静かにしていると、痛みは徐々にではありますが、消えていったのです！　ほっと安心し救われた思いでした。

私はもうだめかもしれないと、気弱になり、夫は「治るよ。大丈夫だ」と積極的な祈りをしたのです。夫の信仰の勝利だと思いました。

私たちは、いつどんなことがあっても、危機が迫るときにも、祈りをもって対処してきました。祈りの力の不思議さや、イエスさまを信じ頼りにしていることへの安心感。穏やかな日々も、風吹くときも、イエスさまが、共にいてくださることを実感し、心強く日々を過ごして参りました。

また静かな、日々が続き、もう産み月に入りました。そんなとき、牧師夫人が私を牧師館に招いてこう話されました。

「もう十か月目ですよね。だれかいっしょに病院に行ってくれる人はいるのですか。上のお子さんのお世話はどうするのですか」

「いいえ、誰もいないんです」

「そうですか。じゃ私があなたの入院については、付き添いますからね」

と心配してくださったのです。

「無事に生まれてくるように、祈りましょうね」

そう言って、ソファに座って祈ってくださいました。

二人目も帝王切開となり、手術の日も決まりました。

その朝、牧師夫人がタクシーで、私の家まで迎えに来てくださって、いっしょに阿佐ヶ谷病院まで行ったのです。入院窓口で、手続きを済ませ、支払いをしようとしたら、頭金しかなく、私が入院時の話を、聞き間違えたようでした。

家に取りに戻ろうとすると、牧師夫人が、

「これをお使いなさい。二週間も入院するのですから、なにかと必要でしょう」

そう言って、真新しいお札をさっと出してくださったのです。

私が戸惑っていることや、必要としていることを察知することの素早さと、私の家族のためにすでに万全の用意をしていてくださったことに、頭の下がる思いでした。

三歳の長男は、クリスチャンの友達であるすみ子さんが、

「私が預かるから、安心してね」

と言って、二週間も長男を見てくれました。私は入院となり、長男のときは全身麻酔でしたが、今回は部分麻酔ということです。

同じ傷あとの上に、メスが入っていきます。

痛みはなにも感じないけれど、すすーっと、冷たいメスが入っていくかすかな感触に、頭から血が下

がっていく思いでした。その間も、常に血圧の状態を調べている看護婦さんの、

「もう少しの辛抱ですからね」

という励ましの言葉に支えられて、一九七六年十一月十九日、無事、次男が誕生しました。体重は二六四〇グラムと、ちょっと小さめですがとても元気な産声を上げました。私は三十四歳でした。

抜糸までの一週間は、やはりトイレに行くのが大変でした。ベッドから降りて部屋に帰ってくるまで、三十分以上かかりました。抜糸のとき、執刀医の先生が、優しそうなお顔でしみじみこう話されました。

「中里さん、帝王切開で本当によかったですねえ……」

「はあ、どういうことでしょうか」

「赤ちゃんのへその緒が、首に引っかかっていてねえ。普通分娩でしたら、危なかったかもしれませんよ。守られてよかったですねえ」

「ええっ、そうだったのですか」

そんなことがあるのだろうか。思わず身震いしました。お腹の中の状態までも見通しておられる、イエスさまに守られたことを、感謝いたしました。何が幸いになるかわからないものです。

退院の日も、牧師夫人が迎えに来てくださいました。布団の上に次男を寝かせると、夫人は、子どもの顔をまじまじと見つめ、

「まあっ、可愛いこと。目鼻だちがご主人に似て嬉しいですわねえ」

(どういう意味かしら)

友人のすみ子さんは、三歳の長男を連れて、私を何度も見舞ってくれました。

すみ子さんに預かってもらっていた、三つ違いのお兄ちゃんが、二週間ぶりに帰ってきました。人の子どもを預かることは、肉体的にも精神的にも、どんなにか気を遣われたことでしょう。私たち夫婦は、人生の節目や局面にさしかかるとき、いつも温かい好意と配慮を受けてきました。

日は過ぎて、三重の須永牧師から教会堂が完成しましたと電話が入り、教会の名前も決まりましたとのことです。先生は自宅から、その教会に通って礼拝説教をし、多くの信徒さんも集まっていました。そのようにして、毎日の育児に忙しくしていたころ、母が倒れたとの電話がありました。須永牧師は、母が倒れたとの知らせを受けたとき、一、二週間以内に何かが起こると、思われたそうです。

先生の訪問に、母は喜んで素直に祈りを受け、母の表情はみるみるうちに、穏やかになっていったというのです。

「お母さん、元気になるように祈りましょう」

先生の言葉に励まされて、母は頷き、遠くを見るようにして、こう言ったそうです。

「体がようなったら、かなこのいる東京へ、一度行ってみたいなあ……」

母は乗り物に弱かったのです。母は私を懐かしく思い、その場で信仰告白をし、病床洗礼を、牧師から受けたのです。父はイエスさまを信じていましたが、洗礼はまだだったのです。

その様子を見ていた父が、

「私も、洗礼を受けさせて、もらいますわ」

そう言って、自分の頭を牧師の前に差し出したそうです。


それから二週間後に、母の死期が迫っていることを誰が予測できたでしょうか。でも、父だけは、母の顔を見ながら、死期が近付いていることを予感していたと話してくれました。

私は、母の死の知らせを電話で受けたとき、失望感はまったくありませんでした。むしろその場に正座をし、人間の生と死を支配しておられる、創造主のご計画が成就したのだと厳かに思ったのでした。

「クリスチャンの死は、幸いである。彼らはその労苦から解き放されて、休むことができる」と聖書に書かれている通りです。

母の生涯は、苦労の多いものでしたが、その労苦から自由になり、イエスさまの懐でいま休んでいるのです。


明くる日、私たちは夫が長男の手を引いて、私は次男を抱いて、葬儀のために三重に急ぎました。葬儀は私の実家で、須永牧師が執り行ってくださいました。

美しい讃美歌が流れ、村の人々も共に歌いました。その場には、イエスさまがおられるような、臨場感がありました。暗さや悲しみがないのが不思議なほどでした。

その場の雰囲気は、未来への明るい希望が、天国への憧れが、はっきりと表われていたのです。それは村の人たちの言葉からも、読み取れました。初めて見るキリスト教の葬儀に、村の人たちは魅せられたようでした。

「キリスト教の葬式も、ええもんやなあ」

「讃美歌がきれいでええなあ」

「心の中が清められるような気もするし」

「お母さんの死顔、安らかできれいやなあ」

「葬式やのに、なんでこんなに明るいんやろか？　ほんまに葬式なの？　不思議やなあ」

と囁き合っていました。

母は人々の前によい証しを残して、天の御国へと還っていったのです。思い返せば母は、大地にしっかり根を張り、力強く生き抜いた人でもありました。

母が息を引き取る、その年の冬、つまり、須永牧師から、病床洗礼を受けてからの二週間が、母にとっていちばん幸せで心安まる日々でありました。いままでの苦労はすべて報われ「平安や、平安や」と言って日を過ごしていたと父から報告がありました。

私は母の死顔を見て語りかけました。

「お母さんは、イエスさまがおられる、いちばん素晴らしい神の国へ行ったんや。また天国で会おうな」

と。

そんな語りかけを、弟もそばで見ていて、笑っていました。母が言い残した「平安や」と言う言葉からもわかるように、母は私たち残された家族に、死をも克服できることを証明してくれたのでした。

一九七七年一月、六十二年の生涯でした。


母の死後、父は二十四年生きて、長男夫婦と、可愛い三人の孫たちと、姉もいっしょに喜んで須永牧師の教会の礼拝に、出席し続けました。その様子を見て、

「今朝も、広島さんの家族が礼拝に来てくれて、ほんまに嬉しいなあ」

いちばん喜んでくださったのは、須永牧師でした。

父は二〇〇〇年三月、八十八歳の生涯をまっとうし、父なる神の御元へと召されて行きました。こうして私の家族は、主にあって、一つとされました。イエスさまのお約束は、確かなものでした。聖書にはこう書かれています。


「主イエスを信じなさい。そうすれば、あなたもあなたの家族も救われます」

（使途の働き　十六章31節）

満たされた日々

葬儀も終わり、私たちは東京へ帰ってきました。四、五日が過ぎた夜のことです。

私が布団の中で眠っていると、母が輝くばかりの真っ白な衣を着て、私の前に立ちました。

「私はひと足先に、イエスさまのおられる、天の御国へ着きました。あなたは主の働き人となり、行って実を結ぶ者となってほしい」

母は生前、聖書を読んだことは一度もありません。ですから、ヨハネの福音書（十五章16節）にある「行って実を結ぶ」という言葉は知らないはずなのです。

目が覚めたとき、それは夢だったのです。

不思議な夢でした。

その日以来、私の枕元に立って、母が語った「行って実を結びなさい」との言葉が、私の心の奥深くに根を下ろすようになったのです。

（実を結ぶ、具体的にどういうことかしら）

次男が生まれた明くる年、七七年一月の夢でした。その意味は長いことわかりませんでした——。

このころ、三度目の引っ越しです。

大家さんの都合ですから、転居の代金は、夫が交渉に当たりました。希望通りの金額になったので、夫は満足していました。

「あなたって、交渉することは上手なのよね。私だったら、あっそうですかって、引き下がってしまうわね」

「当然だろう。向こうの都合で、出ていってほしいと言うんだから」

住まいは、教会の近くというのが二人の願いですから、夫が探しに行きました。私たちの住まいは、いつも教会の近くを敢えて選んできました。日曜学校に子どもたちを通わせる目的があるからです。日曜学校は、キリスト教会で宗教教育を目的として、子どもを集めて日曜日に開く学校のことです。

「いい家が見つかったよ。教会まで一分だ。きっと気に入ると思うよ」

阿佐ヶ谷の一戸建てから、木造二階建てのアパートへ。クリスチャンの友人、男性三人が手伝いに来てくれました。

住んでみると、冬暖かく、夏は涼しい。二階ですからそよ風が吹き抜けていきます。銭湯は三軒隣にありました。

長男の幼稚園の送り迎えと、生まれたばかりの次男の世話、掃除、洗濯、買物、食事作りと育児の真っ最中です。四六時中、子どもたちのことは私の頭の中を占めていました。目が離せないからです。

阿佐ヶ谷に住んでいたころ、私の不注意で、上の子が二階から転げ落ちてしまったのです。苦い経験でした。二度とそのようなことがあってはならないと、肝に銘じて、夫は木材を買いにいきました。

「南側と西側の、窓ガラスの手摺が低いなあ。これじゃ、子どもが身を乗り出して落ちてしまうよ。台所の階段にも、開き戸と鍵を付けよう」

「それがいいわね」

夫は、器用な手付きで、作業を進めていきます。縦横に棒をしっかり組み合わせて、一定の高さの場所に結わえ付けて固定させます。

「上手だわねえ」

「見映えはいまいちだけどな、これで転落は防ぐことはできるだろう」

「ありがとう。階段の開き戸もよくできてるし、鍵もついているから安心だわ」

また夫は仕事から帰ってくると、下の子をベビーバスに入れてくれます。夫は三歳の息子に語りかけ、

「お兄ちゃんのときも、お父さんがこうして湯に入れたんだよ。だから手慣れたもんだ。ほら、気持ちよさそうにしてるだろう」

お兄ちゃんはバスの縁に小さな手を置いて、私と一緒に見学です。

「首が座ったから、私がそろそろ銭湯に連れていくわ。あなたも大変だから」

「いやまだ心配だな。おれが入れるよ」

夫はそう言って、十か月もの間、次男を湯に入れてくれたのです。

そうした環境の中で、次男の夜泣きが始まり、布団に寝かせようとすると泣き出します。そのような状況が毎日続きました。近所迷惑にもなるので、あやしながら眠れぬ夜を過ごしました。

そのために精神的にも疲れ、腰痛にもなり、これ以上自分を持ち堪えることができなくなり、自分に危機意識が生じたのです。夫に子どもたちを見てもらって、私は教会の夜の祈り会へ飛んでいきました。水曜日の祈り会で、いま困っている課題を出して、

「子育ての限界です。祈ってくれませんか」

土屋牧師がすぐ私の側に来て、「いますぐ祈ろう」と言って祈ってくださったのです。窓際にある椅子に座って、先生といっしょに祈りました。

「イエスさま」と、お名前を呼んだとたんに、辛い涙があふれ出ました。

「私はいま子育てに疲れ切っています。夜、子どもが眠ってくれません。ずっと抱き続けていますから、腰が痛くてたまりません。どうか、子どもがよく眠ってくれますように。イエスさま、私に子育ての力と、愛情とをお与えください」

窮状を訴えました。辛い涙が出てくるばかりで、祈りも途切れがちでした。先生は玄関まで笑って見送ってくれました。

辛いときには、辛いと言葉に出すと、自然に涙が出ます。涙の作用は、私の精神にいい影響を及ぼし、祈ったあとはすっきりとし、子育ての疲れも楽になり、新たな力が与えられたものでした。精神状態がぎりぎりのとき、受け止め、祈って支えてくれる人がいることは、本当に幸いでした。

不思議な祈りの力を、体験しました。

それからなのです。不思議なことに、夜泣きはしなくなり、私の腰痛も癒されていったのです！　涙の祈りが聞き届けられた体験でした。


夫は当時、教会の日曜学校で、子どもたちに聖書の話を伝えていました。受け持ちは、三、四年生でした。大人の礼拝の前に日曜学校は始まり、子どもたちは集まってきます。先生たちは、朝早くから準備のために集まって、打ち合わせ会をします。

「子どもたちに話をするのは、難しいもんだなあ」

と言いながらも夫は嬉しそうでした。

それから夏になると夫は、キャラバン伝道にも参加し、その年は三十人で長野県へ行きました。決められた場所があり、その地域へ伝道用のチラシを持って、家々に配る働きです。徒歩で二人一組です。そのときはある牧師さんと組んで、家庭を訪問し、声をかけながら福音を伝えるのです。

私は、そのような働きに、夫を積極的に送り出しました。真っ黒に日焼けして、キャラバン伝道から帰ってきた夫に、魅力と誇りを感じたものです。またその働きの話を聞くのも、私の楽しみの一つでした。

韓国の教会にも、財布の底をはたいてでも、夫を送り出しました。韓国の教会の信徒が志を一つにし、熱く燃えていたからです。外国の教会を見てくるのも勉強になります。

「韓国は、五分歩くたびに教会があるんだよ。びっくりしたよ。韓国の教会は燃えていたよ」

「素晴らしいわね」

夫にとっても、いい体験でした。

男子は、大きな志を持たねばなりません。

夫は家の柱であり、家長なのです。

私と子どもたちを守り、愛し慈しんで、安全に正しい道へと導いていくのが、夫の責任でもあるのです。

そのためには、聖書を読んでよく祈り、神の導きと指示と判断とを迎いで、自分に示された道を歩んでいってほしい――。

それが唯一、私の願いだったのです。

夫は、私の理想通りの道を歩んでいました。


ところで子どもの成長は早いものです。

長男が小学校に上がり、下の子が幼稚園になりました。兄が弟の手を握って、日曜学校へ喜んで出かけていきます。

「行ってらっしゃい。イエスさまのお話を、ようく聞いてくるのよ。あとでお母さんにも教えてね。車の通りは右左をよく見て渡るのよ」

「うん、わかったよ。行ってきまあす」

長男はお兄ちゃんらしくなり、下の子はますます可愛くなって、それはもう私は幸せでした。

子どもたちの教育や躾は、膝の上で絵本をたくさん読んで聞かせることでした。特に聖書絵物語は、読んで聞かせる私も、喜びが湧き上がります。子どもたちにイエスさまを、愛し信じることを教え、導き、躾をし、訓練をするなら、息子たちはよりよく祝福された、長い人生を送ることができるでしょう。

善と悪とをきちんと明確に教えること。友達を傷つけないこと、嘘をつかない、ごまかさないことなど人として健全に育っていってほしいと願っていました。

この時期に私は、子どもたちにイエスさまを心に迎え入れるように導きました。子どもの心が素直で、やわらかいうちに――。

「お母さんといっしょに祈ろうね」

息子たちは、私の祈りの言葉に可愛い声でついてきました。

「ぼくはいま、イエスさまを信じます。ぼくの心の中に、イエスさまを受け入れます。いまぼくの心にイエスさまが来てくださったことを信じます。ぼくを助けてください」

三人でアーメンと声を合わせて祈りました。

子どもの祈りですから、ごく簡単に短く。

この祈りをイエスさまは喜んでくださったと、ずうっと、そしていまも私は信じており、子どもたちの性質、人柄、人格を形成していてくださると信じているのです。

夜には、息子たちを私の両脇に寝かせ、右を向けば、長男は男の子らしい匂いがします。左を向くと、まだ幼い下の子の感触にふれながら、この幸運と祝福が、いついつまでも続きますようにと祈りながら、眠りに就いたものでした。

教会では、私は自分のできる奉仕をしていました。食事当番です。二人一組でした。礼拝が終わると、皆さんで食事をします。

朝、早めに家を出て、礼拝が始まる前に、準備をし、昼食に間に合うように調えます。炊き込みご飯を作ったり、サンドウィッチや、細長いパンに切れ目を入れて野菜や具を挟んで、九十人分ほど作っていました。気の合う仲間との食事作りは楽しいものです。

教会には、それぞれ職種の違う人々がやってきます。音楽家や大学の先生、大学生や高校生、経営者や会社員、主婦に子どももいて、楽しいものでした。

私は教会の庭を見ながら、食事をするのが好きでした。庭には四季折々の花が咲きます。藤だなや花水木、桜の花も目を楽しませてくれます。夏には深緑一色となり、目にも優しく観賞しながら涼を取ります。子どもたちも多くいて、まるで自分の家の庭のように遊んでいます。穏やかで満ち足りた日々が流れていきました。

キリストの証人

教会では、月に一度、木曜日に集会があります。一九七〇年代、私が教会に来たときから続いています。土屋牧師の、聖書のお話があるのです。そのときに一人のクリスチャンが自分の体験を話します。話をする人は順番にまわってきました。話す時間は十二、三分ですから、時間内に話をまとめなければなりません。私がいちばん力を入れたのがそれでした。

証言をする人は、目に見えない「神」を信仰の目で見た、目撃者でもあるのです。

全能者である神は、人の目には見えません。その目に見えない神を、どのような言葉を使って表現し、聞く人にわかってもらえるのでしょうか。「私は聖書の神さまを見ました」と言っても、理解してもらえないでしょう。だからと言って証言しないわけにはいかないのです。なぜならば、イエス・キリストを信じ体験した内容を、自分の言葉で話すのですから。

私は、「キリストの証人」であるとの自覚と意識を、明確に持っておりました。

証人とは、イエスさまがどのようなお方で、私を愛してくださっているのかを、自分の目で実際に見たこと、耳で聞いたことの体験を、あるがままに申し述べる人のことです。

私はキリストの証人ですから、どのようにして、イエスさまを信じるようになったかの経緯を語り、信じる前と、信じたあとの祝福を紹介し話をしました。

そうは言っても、私は人前で話すのは苦手でした。目立つのもあまり好きではありませんでした。多いときで六十人ほどですから、勇気が要りました。そうであっても私にとっては、天と地が引っ繰り返り、一八〇度、私が新しく生まれ変わった話ですから、話さないわけにはいきません。勇気を出して前に出ていって話をしたものです。

私は聖書に書かれているイエスさまを、真《まこと》の神として礼拝しています。

信仰をもったのは、一九六九年、十二月の暮れでした。クリスマスの夜のことです。

この日の夜の出来事は、忘れることはできません。

私の生涯で最も完膚なきまでに痛手を負った日でありました。

結婚差別の問題が、重くのしかかっていました。交際相手の瀬川圭一郎さんとの結婚は、暗礁に乗り上げたまま、七年五か月びくとも動きません。

彼の家族は私との結婚には大反対し、親戚も、会社の同僚さえも私を否定したのです。

私の味方は誰もなく、一人ぼっちでした。暗闇の中で呻き苦しんでいたのです。右も左もわからないでいました。行き詰まってもいました。解決の糸口が見付かりません。光も希望もまったく見えません。にっちもさっちもいかなくなっていたのです。ただいたずらに月日は過ぎて、交際から心が病み抜いての七年が過ぎ去っていきました。

それでもどんなに苦しくても、不当な差別を受けるのだけは、納得できませんでした。私はなぜ差別されるのか、なぜ人から軽蔑され、人として価値がないと言われるのか。わが身に降りかかってきた理不尽な問題を解明するまでは、決してあとには引かない。「これが私の宿命なんだ」で終わらせたくはなかったのです。


その夜は、枯れ葉が、かさかさと音を立て、私の足元に絡みついてきます。凍てつくような寒い夜でした。街ではクリスマスの準備に、ジングルベルが鳴り、私の悲しみは掻き消されたようでした。しかし、将来への不安と恐れから、心はざわめいていました。

あの日の夜は、いままでにはない、とてつもない大きな不安に襲われました。心が騒ぎ、居ても立ってもいられなくなり、彼の部屋を訪ねました。中央線に乗り渋谷まで不安感で心がいっぱいでした。案の定、その不安は的中してしまったのです。

部屋に着いて、ドアを開けると、圭一郎さんは後ろ向きに立っていて、振り向くこともしませんでした。そんな中で、彼は突然、こう切り出したのです。

「かなこ、もう別れよう。どうせ結婚はできないんだよ。この問題は解決はしない。どうにもならないんだ、別れてくれ」

彼は苦しまぎれに、捨て鉢に言い放ったのです。冷たい言葉が胸を刺しました。完膚なきまでに打ちのめされ、あまりの衝撃に目の前が真っ暗になりました。その場にいたたまれなくなりいきなり部屋を飛び出し、どこをどう歩いているのかもわかりません。物音も遮断され、なにも聞こえません。それなのに、渋谷の駅まで行って切符を買い、電車に乗りました。頭の中は、真っ白、なんの考えも浮かばない、空白状態でした。

階段を降りて、改札口を出たとたんに、また頭の中はぼんやりとして、商店街の赤や青、黄色のネオンが、涙の中に浮かんでは消え、行き交う人の顔も霞んで見えました。

突き当たって、右へ曲がり、それを左へ曲がって歩いていくと、一人の男の人が一枚のチラシを手渡してくれました。

その通りには教会があって、天辺には十字架があげられていました。

この道は、いつもの通勤道路で、日ごろから見慣れていました。チラシをもらって、一旦はアパートへ帰ったのです。

部屋にやっと着いたときには、ぐったりして、その場に座り込みました。これまでは、なんとか自分を励まし持ち堪えてきましたが、このときほど、生きる力と気力をなくしたことはありません。もう立ち上がれなかったのでした。

いまにして思えば、自分の力をすべて使い果たしたときにこそ、私がイエスさまとお会いする最上の機会だったのです。ようやくついに「私が救われるとき」がやって来ました。

そのあと、どれほどの時が過ぎたのでしょうか。机の上に置いた、先ほどもらったチラシが、急に、目の中に飛び込んできました。すぐ手に取って読みました。

人生の途上で、道端でもらった、たった一枚のチラシが、その後の私の生き方を、一八〇度、変えていくことになろうとは――。

チラシの中身は、クリスマスの伝道集会の案内でした。チラシには、イエス・キリストを信じて、救われたときの、主婦の体験記が紹介されていました。

「私は、イエスさまを知らなかったときには、恐れと不安の日々を過ごしていました。けれども、イエスさまを信じるようになってから、『安心』して喜んで暮らしています――」

と、書いてありました。

私は「安心」という文字に釘づけとなりました。そうして、吸い寄せられるように、

（そうだわ。私は長い間、少しも安心して生きてこなかった。私がいま切にほしいのは、この安心感なんだわ。ずっと探し求めてきた幸せとは「安心」して生きることなんだわ）

文章を読みながら、はっと気がついたのです。さり気なく書かれてある文章に心が惹かれて、私にも「穏やかな心の安心」が欲しい！　と思ったのです。

信仰は、人から人へ、肉声と体温をもって伝わってきました。このような出会いを幸運と言うのでしょうか。

イエスさまを信じたい、救われたい！　と、チラシを持って教会へ走っていきました。気がついたら、

教会の玄関の中へ入っていたのです。教会へ辿り着いたときには「溺れる者は藁をも掴む」の心境でした。

光の中へ

玄関には誰もいなくて、私はその場に立ち尽くしていました。すると、会堂の中から、一人の女の人が出てきて、明るい声で、

「まあっ、ようこそいらっしゃいました。どうぞ、こちらへお座りになりませんか」

そう言って、左の窓ぎわの長椅子へと案内してくださったのです。教会の中は広く暖かく、クリスマス集会は終わったのでしょうか。九時過ぎですから、もう誰もいませんでした。

長椅子に二人並んで、その方は右に、私は左に座りました。

「わたくし、大井と申します。寒い中をよくおいでくださいましたね」

その方は、礼儀正しく、丁寧な対応でした。

いままでこんなにも温かく、優しく迎え入れてくれた人がいたでしょうか。ほっと安心して、教会の通りでチラシをもらったこと、これまでの私が歩んできた悩みや苦しみを全部話しました。初対面なのに、なんでも話すことができたのが不思議でした。

五十分ほど話していました。こんなにも長い時間、自分のことを知らない人に話すのは初めてです。

話しただけで、肩の荷が下りたような気がしました。じっくり話を聞いてくださったあと、大井さんは深い溜め息をついて、こう話されました。

「そうでしたか、辛い思いをされたのですね。でも私はあなたを、完全に助けることはできません。でもね。私の信じているイエスさまなら、あなたを助けることはできるのですよ。いっしょに祈りましょうね」

そう言って祈ってくださったのです。私は自然に、こうべを垂れていました。大井さんは静かに祈り始めました。

「イエスさま。広島さんは子どものころから、長い間、差別されて苦しんでこられました。そしていままた、今度は結婚差別のために苦しんでおられます。

イエスさま。広島さんの苦しみを知って、助けてください。さらに今晩、追い討ちをかけるように、愛する人から、別れの言葉を告げられました。どんなにか、心が痛んでおられることでしょうか。あまりの辛さに、教会へかけ込んでこられました。

主よ。どうかいますぐ、重荷も苦悩も取り除いて、今後の人生を軽く歩めますように。これからは広島さんが、イエスさまを頼りにして、生きていかれますように。願いは叶えられたと信じます。イエスさまのお名前によって祈ります」

二人で声を合わせて、アーメンと祈りました。祈ったあと、不思議なことが起こったのです！

胸の奥底から、何か温かいものが湧き上がってきたのです。冷え切っていた心と体とが、ほのぼのと

郵便はがき

料金受取人払郵便

新宿局承認

1409

差出有効期間
2021年6月
30日まで
（切手不要）

1 6 0-8 7 9 1

1 4 1

東京都新宿区新宿1－10－1

(株)文芸社

愛読者カード係 行

ふりがな お名前		明治　大正 昭和　平成　　年生　歳
ふりがな ご住所	□□□-□□□□	性別 男・女
お電話 番　号	（書籍ご注文の際に必要です）	ご職業
E-mail		

ご購読雑誌（複数可）	ご購読新聞 新聞

最近読んでおもしろかった本や今後、とりあげてほしいテーマをお教えください。

ご自分の研究成果や経験、お考え等を出版してみたいというお気持ちはありますか。

ある　　ない　　内容・テーマ（　　　　　　　　）

現在完成した作品をお持ちですか。

ある　　ない　　ジャンル・原稿量（　　　　　　　　）

書　名			
お買上 書　店	都道 府県　　　　市区 郡	書店名	書店
		ご購入日	年　月　日

本書をどこでお知りになりましたか?

1.書店店頭　2.知人にすすめられて　3.インターネット(サイト名　　　)

4.DMハガキ　5.広告、記事を見て(新聞、雑誌名　　　)

上の質問に関連して、ご購入の決め手となったのは?

1.タイトル　2.著者　3.内容　4.カバーデザイン　5.帯

その他ご自由にお書きください。

(　　　)

本書についてのご意見、ご感想をお聞かせください。

①内容について

②カバー、タイトル、帯について

弊社Webサイトからもご意見、ご感想をお寄せいただけます。

ご協力ありがとうございました。

※お寄せいただいたご意見、ご感想は新聞広告等で匿名にて使わせていただくことがあります。

※お客様の個人情報は、小社からの連絡のみに使用します。社外に提供することは一切ありません。

した温かさに包み込まれたのです。まるで、毛布にくるまれているような感覚でした。しばらくすると、それまでの青ざめていた顔に、赤みがさしてきたのがわかりました。

ほっと安心したかと思ったら、今度は涙が止めどなくあふれてきました。その涙は悲しみの涙ではなく、自己憐憫の涙でもない、いままで経験したことのない、感謝に満ちた不思議な涙でした。

ひとしきり泣いたあと、今度は腹の底から突き上げてくるような、喜びがあふれ出てきました。

ふと、自分の心を意識すると、求めて止まなかった安心感のようなものが、ぽっと、心の中に宿っているのがわかります。胸の真ん中あたりで、何かが胎動しているような、自分とは別の人格が宿ったような気がしてきたのです。

これこそまさしく、イエスさまが私の心の中に住んでくださった証拠にほかなりません。聖書が語る新しい命が、私のうちに宿ったのです。

そのあと、雲散霧消とはまさにこのことでした。胸の中にあった怒りや憎しみ、世間に対するはらわたが煮えくり返るような思い、恐怖や不安や心配、孤独や悲しみ、絶望が、跡形もなく消え去っていたのです。私の全身を覆っていた、黒雲、暗闇、心の重荷がすべて消え去っていたのです！

イエスさまの愛は人知を超えています。その大きな愛は、私の胸の中にあった、罪の嵐を鎮めてくださったのでした。


それだけではありません。子どものころから不当な差別を受けて、心には深い傷を負っていますが、その傷も跡形もなく癒されているではありませんか。

　この夜、同和地区出身という理由で圭一郎さんから一方的な別れを告げられた、あの張り裂けそうな胸の痛み、悲しみ、深かった心の傷も、きれいに取り除かれ、消え去っていたのです！

　なんと言うことでしょう。こんな不思議なことがあるのでしょうか。疲れ果てていた私の心にも、体にも、何か新しい力がよみがえってきました。血の気が失せ、緊張ばかり強いられていた私の顔に、笑顔が戻ってきたのがわかります。イエスさまを信じたこの夜から、心から笑えるようになったのです。

　私は、私のために真心をこめて祈ってくださった、大井さんに、心から感謝のお礼を言いました。

「本当にありがとうございました。今夜のことは一生忘れません。生きていく勇気と力が与えられました。もう大丈夫です。心配をかけました」

　そう言って、笑顔で教会を出ました。

　外はコートの襟を立てるほど寒い夜でした。でも、熱くなってしまった心とからだに吹きつける、冷たい風は心地よく、こんなにも清々しい爽やかな風は初めて味わいました。

　空を見上げると、凍てつく冬の空に、星が二つきらきら輝いていました。その美しい輝きを見たとき、今度こそ私は幸せになれると実感しました。星のきらめきが私の前途を祝福してくれているかのように見えたからです。

　目の前が急にぱあーっと明るくなって、私の足元を照らしてくれたのです。そんな夜の道を、私は飛び跳ねながら喜んで帰りました。

その夜は何年ぶりかで、安心してぐっすり眠ることができました。

翌朝、目が覚めると、深い深い眠りから覚めたような感覚でした。なんだかいつもとは違う感じで、敷き布団の上でしばらくじっとしていました。ふと気がつくと、私はいままでの自分とはまったく違う自分を発見していたのです。迷路からようやく広い道に出たような、さわやかなこの朝の目覚めは、なんとも説明がつきません。雲一つない秋空のように澄み切って、すっきりとした感覚なのです。

さっと起き上がりました。

口元からは軽快な歌が流れ出て、出勤の支度も楽しく、体が跳ねるように動きます。じつに軽やかなのです。気づいたら、私は元気よく、朝の冷たい街へと歩きだしていました。何もかもが新鮮で、感動的でした。緑の木々もしっとり濡れて、色鮮やかに見えるのです。行き交う誰の顔を見ても、思わず手を振りたくなるような、そんな楽しさを覚えました。いままで味わったことのない躍動感が、背後から私を動かしているとしか言いようがないのです。これまでの灰色だった私の人生が、一変したのです！

私の一生が始まって以来の、画期的な出来事でした。

一夜明けた同じ道には、あの憂いも、翳りも空しさも、絶望感もないのです。不安も恐れも、孤独もない道！　これは、いったいどうしたことでしょう。

職場に顔を出したとき、みんながびっくりして、一斉にこう叫んだものです。

「どうしたの？　その嬉しそうな顔！　何かいいことがあったんでしょう。ねえ、何があったの、教えて！」

と不思議そうな顔で、近寄ってきました。

イエスさまを心に迎え入れ、信じたあとの私は、根底から天と地が引っ繰り返り、一八〇度変わってしまったのです。イエスさまを信じて、方向転換をしたのでした。色褪せた私の心に、降って湧いたような喜びが起こったのです！　嬉しくてたまりません。夢なら覚めないでほしい、と思ったものです。

私は、現実では起こり得ないと思われる心を抱いて、教会へ飛んでいきました。友人の平井さんをつかまえて、この胸いっぱいの感動を知ってよ、とばかり自分の身に起こった、不思議な出来事を話しました。

「ねえ、聞いてちょうだい。私の人生観がね、私の心がね、すっかり変わってしまったのよ。夢をみているようだわ」

彼女は目を輝かせながら、自分の右手に持っていた聖書をさっと開いて、使徒パウロが書いた第二コリント人への手紙の五章17節を示して、こう教えてくれました。

「だれでも、キリストのうちにあるなら、その人は新しく作られたものです。古いものは過ぎ去って、見よ、すべてが新しくなりました」

「ほら、ここね。そう書いてあるでしょ。イエスさまは、かなこさんを造られた唯一の、天地創造の神さまだから、あなたを造り変えることができたということなのよ。イエスさまを信じた、かなこさんはイエスさまのものなの。もうあなたは自分の過去に縛られることはないわ。自由を手にしたのよ。だから、いま、体験している真新しいあなたの心は、夢じゃないわ。現実なの。奇跡が起こったの。夢だと思うなら、頬っぺたを、つねってごらんなさい」

私は言われたとおり、自分の頬をつねってみました。

「あっ、痛い！　やっぱり痛いわよ」

この奇跡は、五十数年が過ぎたいまも、色褪せることもなく、私は、日毎に新しくなり続けているのです！

このあと、私の心の眼が、はっきり開かれていきました。いままで見えなかった事柄がはっきり、見えるようになってきたのです。

夢心地のうちに、三週間ばかりが過ぎた日曜日のことでした。私はその日も礼拝に出て、中央の前から四番目の、椅子に座っていました。

いつものように、土屋牧師から力強いメッセージがありました。礼拝が終わってからも、しばらくはひとりで椅子に座って、説教の余韻にひたっていました。

そのときでした。

十字架の前にひれ伏したくなるような心情が、私を包み込んだのです。背後から何かに突き動かされるような思いに駆られ、その場ですぐさま祈りました。

「イエスさま、私はいままであなたから遠く離れ、自分勝手な道を歩んできました。私のことを軽蔑してきた人を憎み、世間をうらみ、憤ってもきました。圭一郎さんのはっきりしない態度を、責めもし、なじりもしました。母との折り合いも悪くて、母に対しても、憎しみの心でいっぱいでした。イエスさま、私は、神さまの前にも、人の前にも、大きな罪を犯して参りました。でもいま、はっきりとわかりました。このような生き方は、間違っておりました。こんな罪深い私を、お許しください。こんな愚かな私のために、イエスさまは十字架にかかり、私の身代りとなり、死んでくださったのですね。そうとは露知らず……いままでの無作法をお許しください。そんなに命までかけて、私のことを愛し慈しんでくださっていたとは……」

あとは言葉にならず、深い悔い改めと感謝の涙がごっちゃになって、膝の上にはらはらとこぼれ落ちました。

私は仕事から帰ってくると、いつも主イエスさまを賛美し、夕食の支度をしました。食卓におかずを並べ、感謝の祈りをささげるのが、楽しみでした。イエスさまと二人きりの夜です。

「イエスさま、長くて苦しかった放浪の旅を終えて、遂に、あなたのもとへ帰ってきました。あなたを知ったいま、私のぽっかり空いた空洞を、愛、喜び、感謝、平和な思いで満たしてくださいました」

祈りをささげながら、嬉しくて毎晩のように泣いていました。四畳半の部屋には、あたかもイエスさまがそこにおられるかのように、喜びが満ちあふれていたのです。

　このような、私の方向転換、逆転の人生を、教会の「小さな集会」で何度も話しました。

　簡潔に、要点だけをまとめて話すのは、難しいものです。私は家で机の上の時計を見て、時間を計りながら、何度も練習をしたものです。証言をするたび、私の内面は強められ充実感でいっぱいになったものです。

　キリストの証人としての私の逆転勝利の話は、まるで奇跡物語ですから、聞いている人は様々な反応をしました。

「深い心の傷が一晩で癒されたなんて信じられない。うそでしょう」

「怒りや憎しみは誰の心の中にもあるわ。それが消えるなんて、そんなばかな」

「自分の悲しみや苦しみを、よく人の前で話せますね。私だったら恥ずかしくて話せないわ」

などなど、信じる人もいますが、信じない人もいるのです。信じる、信じないは個人の自由なのですから、それでよいのです。

　そうして、月日は過ぎて二〇〇九年私のこの証言が一冊の単行本となり、文芸社から出版されようとは、努々《ゆめゆめ》思わなかったことでした。

模索の日々

ある日のこと、牧師夫人が私の家に、献金入れを作ってほしい、と頼みに来られました。

（献金入れっていま使っている献金入れがあるのに、なぜかしら）

要望された形は、献金袋ではなくて、丸くて、口の大きく開いたものという注文でした。色は紺です。

夫が注文紳士服の仕事をしていたからでしょうか。いま使っている献金入れは、袋のような形で、お金を入れる口がゴムで縛るようになっていました。袋状のものだと、会計さんが仕事をするときに多分、使いがってが良くないのかもしれません。

袋の場合、一旦、集めたお金を袋から出さなければなりません。丸くて口が大きく開いていれば、そのままお金を数えることができるのです。

会計さんの手間を省き、少しでも早く終わらせるために、牧師夫人が、考案されたのかもしれません。

夫は、引き受けはしたものの、頭を抱えていました。

「形は丸くて、口の大きく開いたもの。色は紺だ。口が大きく開いた物って何だ？　そんなの作ったことがないから、できないよ」

「あなたは、プロなんだから、作れるわよ」

ボタン一つ付けることのできない私は励ましました。

何日かして、夫の頭に何かが、閃いたようです。

「そうだ、ザルだよ」

「ザル？ うどんの水切りするザルなのね」

確かにザルであれば、丸くて山は大きい。そのザルの周りを、紺色の生地で包み込むようにすればよいのです。私はザルを四個買いに行きました。夫は自分の仕事は、そっちのけで、取り掛かりました。

ところが、ザルの丸い部分の型紙をどのように作るのかで、夫は頭を悩ましていました。椅子に座って、裁ち板の前で考え込んでいる夫を見て私は、また、

「あなたはプロでしょ、洋服のことなら、なんでも器用に、上手にできるじゃないの」

今度は、大袈裟に後押ししました。夫は真剣に型紙作りに取り組んでいます。

その甲斐あって、丸みを帯びた型紙ができたのです。その後は、型紙通り縫って、包み込むように、張り付けていくのです。

「できたよ。やっとできた」

「上手にできたわねえ」

一九七八年、夫が三十四歳のときに作りました。ですから、いま教会で使っている丸い献金入れは、私の夫の作品なのです。

もう、かれこれ、四十年近くも使っているでしょうか。

話は変わりますが、人は将来の展望や長期的な見通し、つまりは将来のビジョンなしには生きていくことはできません。もし、なんの目的や目標もなく、何の目指すところもなければ、人生は無意味に見え、人の精神は、日々、死んでいくのではないでしょうか。

私の将来には夢と希望があり、私の行く手には何か良いことが待っている。私の将来には希望があり、その夢は必ず実現する。

私の心に願望が明確化され、それを実感し、湧き出てくるアイデアを実行に移していけば、夢は必ず実現するのです。

いままでは、「家族にイエスさまを伝える」という大きなビジョンに向かって、ひた走りに、一途に、走ってきました。

私の夢は遂に達成されました。一つの区切りがついたのです。

ところが次なる目標が見出せない。何をしていいのかわからない。このような時期は非常に辛いものがありました。私は自分の目的意識の置きどころがわからないでいたのです。私の行く手には、子どものころから必ず目標がありました。

一　家を出たい

二　東京へ行きたい

三　幸せになりたい

四 結婚して家庭を持ちたい
五 結婚相手は価値観が同じであること
六 子どもがほしい
七 家族にイエスさまを伝えたい
　父と母、姉と弟に

私の夢と願望は、すべて叶えられ、実現しました。それなのに、私の次の目標はこの辺りで、潰えてしまったのです。

子どもたちも私の手から離れるようになり、長男はもう一人で友達の家へ遊びに行きます。下の子にもさほど手がかからなくなり、時間にも余裕が出てきたからでしょうか。物事を掘り下げて考えるようになってきたのです。

私の心は自分の内面に向けられるようになり「なぜ、私はクリスチャンになったのだろうか」という考えで占められました。

夫も私の理想通りの道を歩み、息子たちも元気に育ち可愛いさかり、私も教会生活がこの上なく楽しくて、幸せを実感している。それをも含めて、これでいいのだろうか。何か私たちにできることは、ないのだろうか。

私がクリスチャンになったのは、イエスさまの、なんらかのご計画があるような気もします。ですが、この時点での私の頭の中は、まだその内容を見出すのに漠然としていたのです。

いまの幸せだけで満足しているのは、なにかすっきりしないものがありました。

クリスチャンとして、自分の家を開放して、家庭集会を開いている人もいます。音楽家として、教会音楽の素晴らしさを、伝えている人もいました。指揮をする人、ピアノに合わせて演奏する人、聖歌隊に参加してコーラスで歌を歌う人もいるのです。

また教会の会計係や、図書室の管理に当たっている人、それに、朝早くから礼拝の準備をしたり、日曜学校では子どもたちに聖書を教える先生もいるのです。

それぞれが、自分の持てる能力を発揮して、自分らしく、その人らしく、イエスさまのために貢献していました。

（皆楽しそうだなあ）

（私は何をしたらよいのかしら、私の賜物ってなんなのかしら、実を結ぶってどういうことなのかしら）

どのような内容の奉仕をすべきなのか、わかりませんでした。

家では、相変わらず本を読むのが好きでしたから、図書室で本を借りてきては読んでいました。ただそれは、自分だけの至福のときですから、誰かの役に立つとは思えません。

本を読むのは好きだけれど、積極的な働きではないし……。

読書や新聞を読むこと、辞書を引いては意味調べをしたりすることが、私は食事をするよりも好きだったのです。いままでも活字に関連していること、校正の勉強をしたり、手紙を書いたり、でもそれらは自分の好きなことをしているのに過ぎません。私が打ち込めるもの。私が得意とするもので、私でなければできないこと。

（イエスさまの喜ばれることとって、何かなあ）

模索の日々が続きました。

人生の生きる目的は、はっきりしていました。クリスチャンになった私は、イエス・キリストのご性質に近づくことが肝要です。具体的な性質とは、

「愛は寛容であり、愛は親切です。また人をねたみません。
愛は自慢せず、高慢になりません。
礼儀に反することをせず、自分の利益を求めず、
怒らず、人のした悪を思わず、不正を喜ばずに真理を喜びます。
すべてをがまんし、すべてを信じ、すべてを期待し、すべてを耐え忍びます。
愛は決して絶えることがありません」

コリントの手紙、第一の十三章4節～8節に有名な愛の言葉、定義が書かれています。

私が日々、目指している人生の目的は、それです。前述のような人柄や性質に、一歩でも近づけるように努力しています。愛の人になることなのです。これこそイエスさまが一番喜ばれることなのです。

それと並行して、どのような内容の奉仕をしたらよいのか「目標」を探していました。当面の目標は、子どもたちが大きくなるまで、責任をもって育てることでした。しかし、それは当然のことです。そんな日々、「幸せなのにいまひとつ、何かが欠けていて物足りないなあ……」


ある日の昼下がり、新聞を読んでいたら、こんな見出しが目に留まったのです。

「自分史を書いてみませんか。あなたの本づくりのお手伝いさせてください！」

（ん？　自伝だったら私にも書けるかもしれない。書いてみようかなあ）

ずっと潜在意識の中に眠っていた心の動きが、自分史編集センターの新聞広告によって、浮上してきたのです。

自分ではあまり意識はしていなかったけれど、私は活字が好きなことと、鉛筆を持つのが好きなんだと、このとき、改めて気がついたのです。

意識が変わるというのは、不思議としか言いようがありません。自分の内面にある、まだ使われていない能力が、私の奥底で眠っていたのです。その能力が眠りから覚めようとしていました。

心に温めていることを文章にしたい――。

それは、イエス・キリストを真の神と信じ、礼拝の対象にしてきたことその経緯と信仰の証しでした。どのようにして、イエスさまを信じるようになったのか。その理由と、信じたあとの私の人格と性質が、どのように変わったのか、信仰の遺産として残しておきたい。

子どもたちがいつの日か、私の書いた文章を読んで、これを自分のものとし、後々までも受け継いでいってほしい。文章を通して、私たち夫婦の信仰を相続させたい。それが息子たち二人の、尊い財産になると考えていました。

そのころは、身内だけが読むのだから、便箋にでも骨格だけを書けばよい、と簡単に考えていました。しばらくすると気持ちが変わってきたのです。せっかく書くのだから、小冊子にして、整った形のあるものを残そう、と思うようになったのでした。

心に芽生えた意思を、さて、どのように進めていけばよいのかが課題となりました。とは言うものの、(私一人で書くのは心もとないし、どのように書き進めるのか、原稿用紙の書き方もわからない。長い文章は書いたこともないし……)

心が揺らぐ毎日で、行きつ戻りつの状態でした。取り敢えず、自分史編集センターに申し込んでみました。

届いた案内書を、読んだり閉じたりの毎日。その案内書を、大切に本棚の端っこに保管して置きました。ただ、家事をしていても、気になって仕方がありません。

そのうちにその熱意は、三週間ほどで消えていったのです。子どもの世話に追われていたからでしょう。幼稚園の送り迎えが忙しく、家事はきりなくあります。かくいう志は私の頭の中から、すっぽり抜けて、すっかり忘れてしまいました。

飛べない私

未来への展望と目標を失ってしまった私は、まるで大空を飛べない鷲のようでした。

鷲はくちばしが鋭く下に曲がり、爪も鋭く、足の力は非常に強く、翼は長くて飛ぶ力も強い。鷲は高い山の上に巣を作り、上空から地上の物を見る能力に優れています。獲物を見つけると、急降下してこれを捕えます。

その姿は勇ましく、まさに鳥の王者と言われる所以《ゆえん》です。信仰者が神の力を受けて、力強く羽ばたく姿を鷲にたとえ、翼をかって天高く上ることができると、表現しているのです。

目標があったときには、それに向かって、邁進することができました。家族伝道に打ち込んでいるときは、気力体力ともに充実していて、私は、天高く翼をかって昇っていたのです。

次の目標を捜し求めながらの月日は過ぎて、子どもたちも小学生になりました。このころから、息子たちの食事の量も増えてきました。

「これから子どもたちも大きくなるし、食費や教育費もかかるし……どうしたらいいかしらねえ」

「……」

なんとはなしに夫に話しかけました。家賃を払って、それに物価も上がり、家計が苦しくなってきたのです。どう家計簿と睨めっこをしても、やり繰りに追われる毎日でした。

「どうしたものかしらねえ……節約してるのに、どこも削るところがないわ」

家計簿を前にしての、私の独り言に夫は、

「いや実はね、前から考えていたんだけど、独立したいと思ってるんだ」

「それはいい考えね」

やり繰り算段に困っていた私は、あっさり賛成していました。新しい違った考えが、家計を変えるかもしれません。

夫の仕事は、注文紳士服を仕立てることです。それが夫の本来の仕事であり、天職なのです。これを機に、思い切って独立したものの、顧客は誰ひとりいるわけではありません。夫は自分の足で歩いての開拓が始まり、家族を養うために奮闘しました。

そのうち、少しずつお客様が増え始めました。洋服の注文取りから生地や裏地の買い付け、型紙作りから、裁断、仮縫い、縫製、仕上げから納品まですべての工程を一人でやるようになりました。私は見ているほかありません。

わが家では、夫は仕事に、私は主婦業に専念する、役割分担をはっきり分けて生活していました。それが一番、理想的だと考えていたのでした、このときは。そうして、家族みんなが健康で、毎日が恙《つつが》なく過ぎていきました。

子どもたちには、学校に「行ってらっしゃい」と言って送り出し、帰ってきたら「お帰りなさい」と迎えてあげたい。何気ないこの一言が、子どもの心や精神にどれほどの安心感を与えるか、計り知れないものがあります。

単純な考えで、簡単な教育ではありましたが、これが私の子育てのページでした。

ある日、私が友人宅に行って、三日間家を開けたとき、帰ってくると淋しかったのか、下の子の精神状態が、不安定になっていたのです。家にはお父さんもいて、お兄ちゃんもいる。それなのに、私を捜すようになり、いつまたお母さんはいなくなるかもしれない、という不安を与えてしまったのでした。

そのときの体験から、子どもたちが小学生の間は、家にいてあげようと決めました。

夜の食事のときには決まって、息子たちは父親のあぐらの中に、交互にすっぽり収っています。後片づけが終わると、今度は私の膝を奪い合います。二人を代わる代わる膝の上に乗せては、絵本の読み聞かせをしました。

夫は、夜遅くまで、縫製に精を出し、その後ろ姿を見ながら、私と子どもたちは先に床に就いたものです。二人の息子たちに挟まれて、その温もりに包まれて。

（イエスさま、ありがとうございます。私は幸せです）

いまは大空を飛ぶことはできない私ですが、どうか導いてくださいと祈りの日々でした。

独立をした夫は、当然忙しくなり、一着の洋服が出来上がるまでの工程を、ひとりでするのですから、完成まで時間がかかります。しかしながら、そのころの私は、夫の仕事を助けるとか、協力するという、発想がまったくありませんでした。その理由といえば、私は針を持つのが大の苦手、ボタン一つ満足に付けられないのです。

子どもたちが学校に持っていくスリッパ入れやぞうきんだけでなく、ズボンの寸法直しや綻びなどを直して、はけるようにしてくれるのも夫です。

私の洋服も同じようにしてくれます。

「ブラウスのボタンが取れてしまったの。付けてくれる。自分でやってみたけど、上手くいかないわ」

「洋服屋の女房が針は持てない。ボタン一つ満足に付けられない。まったく仕様がないなあ。ブラウス貸してみろ、付けてやるから」

夫は器用な手付きで、一分とかかりません。

「ありがとう。やっぱりプロは上手だわねえ」

「おだてるな」

そう言いながらも夫は満更でもない様子です。

ある日の日曜日、教会に出かける日です。

「そろそろ十時三十分になるわ。礼拝の時間よ。出かけないと遅れるわよ」

「わかってるんだよ。いちいち言わなくても……あと少しで仕事に区切りがつく。それから行く」

「じゃあ、わたし先に行くわね」

「……」

　裁ち板に向かって、夫は黙って手を動かしています。次の日曜日も、私は十時十五分には家を出て、礼拝が始まる前には、席に着いています。それは私たちの礼拝するお方は、イエスさまだからです。この方は天地万物を造られた方であり、私たち一人ひとりを丹精こめて創造した方です。その上、命をかけて私たちの罰のために身代りとなり、十字架にかけられ、それほどまでして私たちを救ってくださった方なのです。イエスさまは目には見えませんが、すでに礼拝堂の中に来ておられ、私たちを待っておられるのです。そうであるのに、弟子が礼拝の時間に遅れていったのでは、何をか言わんやです。余程の理由がない限り、私は一貫して遅れないように早く家を出て、心にゆとりを持つようにして、礼拝に望んでおりました。

　牧師夫人は、いつもそのようにして後ろの席に座っておられたので、私もその姿勢に倣っていたのです。

　十時四十五分ごろ、夫が教会堂に入ってきました。みなが讃美の歌を、声高らかに歌っています。

「どうして遅れてきたの？」

「ああ、公園を散歩してきた。気分が良くて清々しいよ」

（……私の思いとは違うわ）

教会から帰ってきてから、私は夫に話をしました。

「散歩だったら、礼拝が終わってからにすればいいじゃないの。順序が違うわ。優先順位は、自分の仕事はさて置いても、礼拝の時間に遅れないように行くのは常識でしょう。あなた、最近、仕事ばかりで、私の考えとあなたの思いが一致しないわ。どうもしっくりこないわねえ」

「仕方ないだろう。家族を養うためには。とにかくお前の言う通りには、しない。管理されたくないんだよ男は。おれを自由にさせてくれ、まるで監視されてるみたいだ」

私はすかさず言いました。

「自由になりたいんだったら、ずっと青春していればよかったのよ。どうして結婚したの。それにあなたを自由にさせたら、糸の切れた凧みたいにどこに飛んでいくかわからないわ。それとも結婚したこと後悔してるの？」

「そう意味で言ったんじゃないよ」

夫は脆いくせして頑固、なんとなく曖昧で、とらえどころがなくて、はっきりしない。常に揺れているようにも見えます。尤もこれは私から見た側面です。

夫は「俺は、そういう男じゃないぞ、九州男児だ」と思っているかもしれません。

私は礼拝時間はきちんと守りたい。夫は遅れても、たいして気にしない。性格の違いの表われでしょうか。夫は自分の仕事が忙しくなり、日曜学校での福音を伝えることが、中断され、守りの態勢に入り、それが私の不満となり、私の機嫌を損ねているのでした。だからと言って、仕事もしなければ、暮らし

てはいけません。私の虫の居所がよくないのを見て、夫は、

「おや、ご機嫌ななめのようですね」

と言って取り合いません。

このころから、夫婦の足並がそろわなくなり、いままで回っていたと思っていた歯車が噛み合わなくなってきたのです。

「今度の日曜日は、時間に遅れないように行ってね」

不満の数だけ、私の口数も多くなります。

「うるさいなあ。出かけてくるっ」

「何時に帰ってくるの」

「わからないっ、いちいち聞くなよっ」

階下で、ドアの音がバタンとして、夫は出ていきました。子どもたちと食事を済ませ、床に入ったのが九時半ごろ、十時、十一時を過ぎても夫は帰ってきません。ちょっぴり心配になって、外に出てみたり、十二時近くになって、そろそろ、イエスさまに、謝ろうかなあと思っていると、階下から夫の声がします。

「すし買ってきたよーっ、美味いから子どもたちにも食べさせてやれよ。いっしょに食べよう」

私は内心ほっとしました。

「子どもたちは寝ちゃったわよ」

「そうか、じゃ二人で食べよう。ここの寿司は美味いんだよ。大塚まで行ってきたんだ」

（私は、別にすしが食べたいんじゃないわ。あなたが礼拝の時間に、遅れないように行ってほしいだけなの。ただそれだけなの）

このことがあってから、私が不機嫌になると、夫は寿司を買ってきたり、あるときはケーキを買ってきたり、このようにして夫婦の図式が出来上がっていったのでした。

夫は、子煩悩で優しく、人当たりも良く、冗談を言っては人を笑わせ、本当にいい人なのですが、私の人格の未熟さもあって、夫の良さが、見えなくなっていたのでした。

一九八四年、結婚してから十四年目のころです。

目標さがし

その間も、次の目標が見えないために、私の燻った感情が、三か月おきくらいの周期でやって来ます。その矛先は夫に向けられ、また夫婦の仲がしっくりいかないときは、悪いことが重なるものです。

ある日の夜、教会の近くにあった同業の店の人が、生地を借りに来ました。夫は時折、手伝いに行ってあげたりして、交流していたのです。

（自分の仕事もあるというのに……）

私はその人の印象をあまり良くは思っていませんでした。生活態度や服装が、きちんとしていない様子に、不安を感じていたのです。外側で人を判断してはいけないと、十分わかっていますが、それが見事に当たるときもあるのです。夫は、同じ洋服業ですから、信頼していたのでしょう。

快く五、六着の反物を貸してあげたのです。その夜は、雨が降っていて、その人は左足が不自由でした。傘を持って、どうやって反物を運ぶのでしょうか。夫は気の毒にと思ったのか、生地を持って、わざわざ家まで届けてあげたのです。

（なんとまあ、人のいいこと！）

私は呆れながらも、それが夫らしいと認めていました。

一週間たっても返しにきません。私は不審に思い不安になって、

「もう返しにくるころよね。日にちが過ぎてるわよ。見にいってきたらどうかしら」

心配になったのか夫は、すぐに飛んで行きました。帰って来るなり、

「大変だ、夜逃げだよ。大家さんに聞いたら夜逃げをする前の晩、つまり夕べだよ、ものすごい夫婦げんかをしていたそうだ」

「してやられたわね」

「……まったくだ」

「信頼できない人だと思ってたのよ。私の眼も節穴じゃないでしょ、これを機に人を見る目を養い、注意深くして油断しないことね。人がよすぎるのも問題だわよね。家計のやりくりで苦労するのは、私なのよ。生地は仕事の運転資金でしょ、仕事もやっと軌道に乗ってきたと思ったら、このあり様だわ」

私の口も全開です。

「わかったから、もう何も言わないでくれ」

私は家の中が汚れているのは、好きじゃありません。糸くずや生地の切れ端だらけで、足の踏み場もなく、埃りっぽくなるのも嫌でした。

「どこかにあなたの仕事場を借りてくれない？　そうすれば、住むところと、仕事場が別々になるから、すっきりすると思うのよ」

今度は夫がびっくりした顔で、

「そんな無茶なことを言うなよ。アパートの家賃を払って、その上、作業場の家賃まで払っていたらやってはいけない。いまだって苦しいのに……洋服屋は散らかっているほうが繁盛してるってことだよ。散らかってるのが嫌だったら、こまめに片づけ、掃除することだな。文句ばかり言ってないで、少しは仕事を手伝ってくれないかなあ」

今度は夫の口が、全開しました。

私は自分の消化不良の感情を、環境を変えることですっきりしたいと考えていました。閉塞感や消化不良、くすぶった感情を持ったまま、次の目標が見えないことは、本当に辛いのです。どの方向に進んでいいのかわかりません。納得できない日々、同じことの繰り返しをしている自分にもうんざり。不満という罪を犯してしまいます。目標がないと私は生きてはいけないのです。

「あなたは仕事ばかり、私は家事と子育て、イエスさまのために役に立ってるのかしら。私が求めているのは、別のなにかもっと高尚なものなのよ」

　理想を求めるあまり、疲れてしまって、子どもたちを連れて、実家に帰ることを決行しました。三重の田舎の青い空、白い雲、どこまでも広がっている田園風景、のどかな暮らし振りが懐かしい。家も広いし、東京での狭いわが家でこせこせしている自分が、可哀相になったのです。

　その前に、牧師のところにご挨拶に行きました。

「先生、明日子どもたちを連れて、田舎に帰りますので。長いこと、いろいろお世話になりました」

　なんの連絡もなしに、牧師館へ行ったのです。先生は、私のただならぬ気配を敏感に察知されて、すぐに、

「まあ、中へ入りなさい。とにかくソファに座って、田舎に帰るのはちょっと待ちなさい。ご主人は、知らないんでしょう」

「はい、知りません……」

　座らされた恰好にもなり、引き止められ、実家に帰る決断がにぶってしまいました。

「どこかからだの具合の悪いところはありませんか」と問われました。

「はい、ありません。ただ疲れているだけなんです。先生、私たち夫婦はうまくいきません。同じイエスさまを信じていますし、価値観も同じはずなのに、主人と一致しないんです。なぜでしょうか。私は聖書通りに生きようとしているだけなんですが……」

先生は頷きながら聞いておられ、静かな口調で、一言、こうつけ加えられました。

「あのご主人だからこそ、あなたは上手くやっていけるんですよ」

「どういう意味でしょうか。私が悪妻ってことですか」

「いやいやそういう意味ではありませんよ」

そこへ、スタッフの方が一人入って来られ、

「先生、ミーティングのお時間が過ぎてますが、皆さん、三十分以上お待ちしてますが――」

先生には、ご奉仕があったようです。私が突然行ったものですから、その時間をわがままな私のために、割いてくださっていたのでした。

(先生はどっちの味方なのかしら、夫をほめるなんて、これじゃまるで私が悪妻のようだわ。私にだって、いいところがいっぱいあるのに……)

帰りの道は、すっきりしませんでした。だけど、妙に気になる言葉でした。

「あのご主人だからこそ……」

先生は何を教えたかったのでしょうか。

二度目の相談

三重の実家へ帰る決断もにぶり、その後も私の感情は全開にならず、相変わらずで、幸せなのに何か

が欠けていて物足りない——次の目標が見出せない……。

目標を立てるのが好きな私は、

「ねえ、自分の店を持つ夢はないの、その目標を掲げて仕事をするのよ。『テーラー中里』の看板を掲げれば素晴らしいわ。受け付けは私がやるわ。任せといてよ」

「どうしてお前の話は、あっちこっちへ飛ぶんだよ、もっと現実を見ることだ」

夫は呆れ顔をしたと思ったら、真顔で言いました。

「店を持つといってもなあ。大変なことなんだよ。お前は現実を知らないんだよ」

と、やや注意深くて慎重でした。方針としては、このままの状態を変えないでいきたい様子です。

「資金のことを心配しているの？　それなら大丈夫よ。お金というのはね、あとからついてくるものなのよ。夢と目標を第一にすれば実現するわ。私は自分の夢を一つひとつ叶えてきたからそう言えるのよ。やりましょう」

注文紳士服の全盛期は過ぎ去り、一九七〇年代から八〇年代後半にかけて、あちこちの洋服店が看板を下ろし、廃業に追い込まれていたのです。そんな時代であることを夫はよく知っていました。

時代の流れで、既製服がどんどん流通するようになり、それに押されて、注文服は下火となりつつありました。私はなにも知りませんでした。

「ほかの洋服屋さんが潰れたからと言っても、あなたがそうなるとは、限らないわ。人は人、あなたは違うわ」

「うーん……でもなあ」

私の目茶苦茶な考えは危ない、と踏んだのでしょうか。夫は、うっかり返事をしようものならすぐ行動に出る私が何をしでかすかわからない、大胆なことをするのではないかとの心配があったようです。洋服店を出そうという、私の提案も潰えてしまいました。がっかりした私の感情は、不完全燃焼のましっくりいかず、私たち夫婦は、どこか変な二人でした。なにかがぎくしゃくしています。

（どこが間違っているのかしら）

私は夫の信仰生活のあり方に問題がある、とまで極端に思うようになりました。でもこれはあとから考えると、私の間違いでしたが……。

当然、夫婦の交わりにも支障をきたし、夫の求めにも私は背を向けながら、

「子育てで疲れているの、また今度にして……」

応じることはあっても、その行為はなおざりでした。周期的に襲ってくる自分の精神的な不調に、私は病気かもしれないと思ったこともありましたが、いや違うと否定しました。

疲れている、億劫、面倒、渋々、このような感情は誰にもあることです。がそれもこれも、全部あなたがいけないの。経済的に私に苦労をさせている、様々な理由を持ち出しては、夫の求めを拒否する日もありました。そんなこんなで当然、性生活には喜びは感じられませんでした。夫は寛容にも耐えているようでした。

以前、いっしょに働いたことのある、美奈子さんが言った言葉が思い出されました。

「私たち夫婦には共通の目標がない。愛がない。お互いに関心もなければ、思いやりもない。会話もないし、夫婦の交わりもないわ。私たち夫婦はないないない尽くしよ」

と結婚、五年目の美奈子さんはそう言って笑っていました。初めは冗談を言っているのかな、と思って聞いていましたが、これは恐ろしい砂漠のような家庭です。

彼女の家の中で起こっている、夫婦の危機に際して、私は第三者ですから、的確な助言をすることができました。

他人の家庭の不和には、どこに原因があるのかがよくわかります。けれども、自分の家庭になると、紛れもなく、お手上げの状態でした。笑えない話です。

（これがイエスさまを信じている家庭だろうか。夫の心と一致しない。なんとかしなければ）

三つ撚りの糸が、何度も切れそうになりました。そんな私の悩みにも夫は何も言わず、黙々と針の手を動かしています。

新婚生活を始める前に私は夫に言いました。

「末長く仲良く、暮らしましょうね」

と、その言葉もいまや空文となりました。

「神の国とその義とを、まず第一に求めなさい。そうすれば、それに加えて、これらのもの（衣食住）

はすべて与えられます。って書いてあるわよ。それなのに、家計がぎりぎりというのは、おかしいと思わない。私たちはきっと、優先順位を間違えているのよ。仕事のやり方を検討し、なんとか打開しなければね。なにかいい考えはないかしら」

食事をしている夫のそばで、聖書を開いては私の理屈が始まります。夫はとうとう堪りかねたのでしょう。

「うるさいなあ。めし食ってるそばで、がたがた言わないでくれ。めしがまずくなるし、胃の調子がおかしくなる。当面はお前の理想通りにはならないんだから。地の果てでも、どこへでもお前の好きなところに行っていいから……お前といると本当に疲れるんだよなあ……」

「……」

私の中でなにかがぷつんと、切れました。

「明日、子どもたちとやっぱり実家に帰るわ」

「おい、おい、そういう意味で言ったんじゃないよ。地の果てというのは、冗談なんだから、なっ」

私の精神はかなり衰え参っていますから、夫の冗談は通じません。その夜は、寿司がケーキに替わりました。

「たまには、ケーキもいいだろう」

「そうね……」

私の口と心をなだめて、落ち着かせようというものです。私の内面は、ケーキや寿司を食べて、満足するようなそんな単純なものではありません。もっと高尚な内容を求めているのです。夫の想いと、私の想いとが一致しない。この溝を埋めたい。夫婦の問題は先送りしたり、放置してはいけない、私はなんとか解決したいと考えました。なので今度は夫と連れだって牧師のところへ、二度目の相談に行きました。

「先生、私たちはやっぱり上手くいきません。話し合いをしても平行線です。歯車が噛み合わないし、しっくりしないし、ぎくしゃくしてます。何が妨げになっているのでしょうか。原因がなんなのか、私にもわかりません」

私だけが先生に、不満を並べ立てています。夫はそばで何も言いません。無理に座らされているといった具合のわるさです。

先生は、夫のほうを気の毒そうに見ながらまた、褒められました。

「ご主人は、善い方のように見えますけれどねえ……」

先生は前回と同じように、夫を褒め、意味深長な発言をされたのです。私はその含みのある、先生の意図する言葉の内容がまったくわかりませんでした。

帰り道、私は急に寡黙になってしまいました。

三度目の正直

物事の相談というのは、ほぼ三回目あたりで理解できるようになるようです。特に夫婦の問題は、当人にとっては、糸が縺《もつ》れるように、相談者、本人が自分の心の糸に絡み合って、解《ほぐ》れなくなっているのですから。それなのに私自身はそのことにまったく気づいていないのですから、お手上げです。

夫はいつも六畳の部屋で仕事をしていて、部屋の真ん中には、お膳が出してあります。夫は、壁際の裁ち板に向かって、洋服を縫っています。その背中に向かって、くどくどと愚痴をこぼし、一方では聖書をお膳の上に出して読むのが、私の習慣でした。矛盾していると言えばそうかもしれません。けれども、人間というのは厄介な生きもので、矛盾を抱えながらも、問題が解消されることを願い、自分の行く手に、目的や目標がなければ、生きていく張り合いがなくなってしまうという、高尚な存在ではないでしょうか。私はその典型と言えそうです。

私はその日も愛読している箇所を、ぱっと開きました。旧約聖書の真ん中あたりです。イスラエルの王、ダビデの子、ソロモンの箴言《しんげん》が書かれています。

古今東西を通して、ソロモンは、世界最大の知者であると言われています。箴言は戒めとなる言葉で、短い句で格言や教訓、道徳を多く含んでいます。若い者に、知識と思慮を得させ、知恵のある者はこれを聞いて理解を深めるとあります。人が幸福に生きていくためには、日常生活を穏やかに暮らすことです。悪に対しては注意深く油断することなかれです。

私は箴言が好きで、よく読んでおりました。

箴言が好きなわけは、文章が短く、日常生活にすぐに役に立つからです。加えて、二行よりなる対句で書かれている箇所が多くて、わかりやすく、ユーモラスな句もあり、思わず笑ってしまうからです。

その日も狭い家中に、生地の切れ端や糸くずが散らかっているし、夫が洋服の生地を触るたびに埃も立ちます。奇麗好きな私の気分がいちばん不愉快になる場面です。

「埃が立たないようにそっとしてね。糸くずを、ズボンの裾や足にくっつけて台所まで引きずっていかないでね。台所が汚れるから。あちこちに糸くずが落ちてるでしょ、ほらっ」

夫は、いつものことだと思ってか何も言いませんが、心の中ではうるさいなあと思っていたかもしれません。

その日も箴言を読みすすめていると、私の目にぱっと止まった言葉がありました。


「争い好きで、うるさい女といるよりは荒野に住むほうがまだましだ」

（箴言　二十一章19節）

関連する箴言は、

「妻のいさかいは、したたり続ける雨漏り」

「争い好きな女と社交場にいるよりは、屋根の片隅に住むほうがよい」

などがあります。

（ん、いったい誰のことを言っているのかしら。私は争い好きではないわ）

そうなのです。確かに私は他人とは、揉めごとは起こしたことはありません。

それなのに、目の前の夫となると、それは別問題なのでした。いちばん身近な家族であるからこそ、夫婦の問題の解決は難しく、それゆえに、先延ばしにはできないのです。

水を飲みに台所へいった夫が戻ってきて、仕事を始めようと、椅子に座りました。

「ねえ、箴言におもしろい言葉が書いてあるわよ。『争い好きで、うるさい女といるよりは、荒野に住むほうがまだましだ』ですって、ふふっ、聖書の言葉はユーモアがあるわねえ。誰のことを言っているのかしらねえ」

「さあねえ……（お前のことだろ）」

夫は言葉を濁したまま何も言いません。

感覚の鈍い私は、このときの、この箴言の言葉が自分に語られているとは、ちっとも気がつきませんでした。

理屈っぽく、少々口はうるさいけれども、どこの家庭にでもある光景だと思っていましたから。

聖書は不思議な書物なのです。

読んではいても、字面だけが頭の表面を、掠っていくときがあります。心の中にまで深く浸透してこないのです。その日の私はまさにそれでした。うるさい女というよりは、言葉の内容と、自分の生活が密着していない、よく理解できていない、そのような心の状態なのでした。

そうかと思うと、別の箇所では、魂に語られた言葉が、まるで生きている思想のように心の隅々にまで染み込んできて、感動するときもあるのです。箴言が家庭の中で、自分の精神の中で、適用されなければ、絵に描いた餅にしか過ぎません。

三か月おきに襲ってきていた不満と不機嫌が毎月になり、毎週になり、日毎の苛立ちに――。私は自分自身に危機感を募らせ、一人で牧師館へと走っていきました。

これで三度目の相談になります。

独身だったころも、土屋牧師にはお世話になったものです。私の一冊目の自分史にも書いていますが、結婚差別問題で苦しんでいた私に、旧約聖書の「ルツ記」を紹介して、的確な助言をしてくださいました。それで私の結婚は、解決の方向へと導かれていったのでした。

そして結婚してからも、こうして先生には手を焼かせているのです。まるで嫁いでいった娘が、親元に帰ってきては、愚痴をこぼしているのと同じです。

「先生、私はもう限界ですね。夫婦って、二人で生きるって、難かしいものですね。なぜ、主人と一致しないんでしょうか」

先生はしばらく考えてから、

「そうですか……一致しないんですか、それは困りましたねえ……」

先生は私の燻っている感情を、丁寧に聞き取りながらも、このように指導してくださったのです。

「ご主人のことで、あなたが何か助けることはありませんか」

「朝昼晩の食事を作っています。買い物、掃除、洗濯、それに子育てをしています」

当たり前のことを不服そうに話す私に、先生は何をおっしゃりたいのでしょうか。

「ご主人はどんなお仕事をなさってますか」

「注文紳士服の仕事ですが」

「それは素晴らしいお仕事ですねえ。ご主人のお仕事の手助けは、どうでしょうか」

「主人の仕事を助けるって、どういう意味でしょうか。私が手助けすることはなにもありません。私は洋服を縫うことはできませんし、針仕事は私の性に合わないんです。ボタン付け一つできないのかと、主人に言われてます。助けてほしいのは、私のほうなんですよ。先生」

私のなんだ、かんだに付き合わされて、先生は笑いながら、こう返答されました。

「いやいや、あなたが洋服を縫うことではなくて、ご主人の身の回りのこととか、どんな小さなことでもいい、補佐としての役割ですよ」

先生は埒が明かないと思われたのか、理解しかねている私に、笑いながら「祈りましょう」と言われました。腕時計を見ると、やっぱり二時間が経過していました。

土屋牧師は、相談の最後には、いつも「祈りましょうか」と言われました。

人の抱えている問題は、人それぞれ皆違います。ですから、「祈る」という手法によって、イエスさまが人に、つまり相談者である私に教えてくださる、それが物事がうまく運んでいく、手順やこつであることを先生はよく知っておられました。

祈りは決め手です。

どんなに難しい問題でもイエス・キリストの前に祈りさえすれば、確実で間違いのない解決に至らせます。とりわけ、相談者である、私の魂や精神に聖書の正しい知識が浸透するということを、先生は重々、心得ておられました。

イエスさまご自身もよく祈られました。人の病気を治すためにも祈られました。私にもどんなことでも祈り求めなさい、と言われるのです。そうすれば、あなたの問題は解決しますよ。とイエスさまはおっしゃっておられるのです。

先生は祈りましょうと言われ、ともに祈りました。

「イエスさま、彼女の家庭を祝福で満たしてください。どんな小さなことでも、喜んでできますように、愛と力とをお与えください」

随分、短い祈りだわと思いながらも、私の祈りは、少々長くなりました。でも祈ったあとも、このような段になっても、先生の助言の意味はわからず仕舞いです。

ところが、三度目の正直とでもいうのでしょうか、心の中を爽やかな風が吹き抜けていったのです！

帰りの道は足どりも軽く、閉塞感はどこへやら！
相談した内容を、振り返るゆとりも生まれていました。

一つ　あのご主人だからこそ、あなたは上手くやっていけるんですよ。
二つ　ご主人は、善い方のように見えますけれどねえ……。
三つ　ご主人のことで、あなたが何か手助けすることはありませんか。どんな小さなことでもいいんですよ。

考えながら家路に着きましたが、未だわかりません。夫の仕事を手助けし、協力するという発想のない私には、一を聞いても十がわからないのです。階段を一段一段のぼるようにして、ようやく、納得するまでには、時間がかかるのでした。

初めの愛から離れてはいけない

この日は、一九八四年四月、結婚してから十四年目で、私は四十一歳になっていました。牧師のところに相談にいった明くる日です。
日にちまでも、はっきり覚えているのは、イエスさまが、夫婦の問題で追いつめられていた、私の精神に深く介入し、取り扱ってくださった日だからです。

あの日は晴天でした。夫も外出していて、子どもたちも外で遊んでいました。不思議なほどの静寂さが、私の心を支配しました。いつもの私とは違います。この日は特別に、イエスさまに語りかけたい想いでいっぱいでした。それから、これからは夫のために、もっと心を込めて祈っていこう。自分のことについても、きめ細やかな心を紡いでいけるようにと、どういうわけか決心したのでした。

その決意はいつもとは違います。

いままでも祈ってはきましたが、その祈りは、「夫を私の願い通りに変えてください」という自己中心的な祈りだったのです。

結婚して十四年たちましたが、夫婦とはどうあらねばならないのか、考えたこともなかったのです。そうするうちに、深い悔い改めが、心の奥深くにまで染み込んできて、反省へと導かれたのでした。

思わずも、畳の上に正座をしていました。

イエスさまと呼びかけたとたんに、涙がいっきに溢れ出ました。その後、心の奥底から包み隠すことのできない心情が、流れ出るように祈りの言葉となって出ました。

「イエスさま……私はいままで夫を、何かにつけて裁いてきました。言葉についても態度によっても、神に形どって造られた人を、ぞんざいに扱ってきました。

夫の欠点を論《あげつら》い、弱いところを突っつき、不満と不機嫌という罪を犯し、夫を軽んじてきました。経済的にいつもぎりぎりなのは、夫の仕事のやり方に問題があると、文句ばかりを言ってきました。

『夫を変えてください』と祈ってきましたが、変わらなければならないのは、私のほうだったのですね。イエスさま、私は間違いを犯しました。本当に申しわけありませんでした。お許しください……」

私は自分の無知と、愚かさと恥ずかしさに顔をおおって泣きました。きめ細やかだった私は、いったいどこへ行ってしまったのでしょうか。

あのころの私は、夫の目尻にある若皺一本にも魅力を感じ、真正面から彼を見つめ、優しいまなざしでいましたのに――。

いまの私は、夫を斜めから見るようになりました。私は、初めの愛から離れてしまったのでした。再び祈りました。

「イエスさま、もう一度、私の心を雪よりも白く、清めてください。私は日々新しくなりたいのです。もう一度、新鮮で爽やかな美しい心を私に与えてください。そのような愛で、夫を愛せますように……」

膝の上に流れ落ちる涙に、心の眼が開かれてゆくのが、はっきりわかりました。

それはまるで、曇っていた窓ガラスが奇麗になって、ガラスの向こう側がよく見える、そんな感じでしょうか。自分の欠点や不都合はすべて棚に上げ、というよりは、全然、自分という人格や性質に気がつかない鈍感な私でした。

結局のところ、自分の心を覗いてみる、内省する、深く自己を省るという振る舞いにまで、至っていないという未熟さがありました。

自分のことに鈍い私は、夫のことに気配りできるはずがありません。日がたてば魚の鮮度が落ちるように、私の心の鮮度がとことん落ちてしまったのです。

でもいま、ピタリと閉ざされていた、頭の中の思考回路が、ゆるやかに開かれていこうとしています。何度も読んできた聖書の言葉が、次々と浮かび、胸の隅々にまで沁み込んできました。

「神を敬うと言っている女にふさわしく、良い行ないを自分の飾りとしなさい。

女は、静かにして、よく従う心をもって教えを受けなさい。

妻たちよ。あなたがたは、主に従うように、すべてのことにおいて、夫に従いなさい。妻もまた自分の夫を尊敬しなさい。

信者である主人を持つ人は、主人が兄弟だからと言って、軽く見ず、ますますよく仕えなさい。なぜなら、その良い奉仕から益を受けるのは信者であり、愛されている人だからです」

（テモテ　第十六章２節）

何度も繰り返し読んできた聖書の言葉ですが、私の心の目が曇っていたために、結婚生活に支障を来していたのです。

私の頭の知識と、心の中の思いとが分離していたので、調和がとれなかったのでした。

でもいまは違います。

イエスさまが、私の精神に深い悔い改めと反省に導いてくださったので、私は新しく生まれ変わりました。

新たな目標と展望が見えるようになってきたのです。

このとき、燻り続けていた私の感情に、ぱっと火がつきました。

(わかった！　次の目標は、夫の仕事に喜んで協力することなんだわ！)

土屋牧師が何度も助言してくださった言葉の意味が、ようやく理解できるようになったのです。

相談にいくたびに、先生は夫を褒めてくださった。それから、示唆に富むヒントを私に与え、それとなく気づかせようとしてくださいました。

「あのご主人だからこそ、あなたは上手くやっていけるんですよ」と。

私に気づきと、意識が変革するよう、配慮のある、言葉遣いの言い回しで、その妙案は、まるで私が自分の知恵で気づいたかのように、私に花を持たせる、身上相談だったのでした。

次の週の日曜日、教会の玄関ホールに、牧師が出てこられました。私はすぐに先生に近寄って、お礼を言いました。

「先生、昨日一人で祈っていましたら、心の眼が開かれました。イエスさまが夫の仕事に協力し、手助けしてあげなさい、とおっしゃいました。先生、私のほうが、間違っていました。主人ではありませんでした。今後は、主人と仲良くやっていきます。時間を取ってくださって、ありがとうございました」

笑って話しますと、先生のお顔がぱっと輝いて、満面の笑みで大笑いをされました。

「それはよかった。本当に嬉しいねえ」

と昨日の今日ですから、尚更でしょう。

三回の相談で夫婦間の問題が、解決に至ったことや、私が先生の指導に気づいたことも、よほど嬉しかったのでしょうか、牧師冥利に尽きる、というお顔をなさいました。

牧師は、説教の中で、クリスチャン・ライフは、「気づき」と「意識の変革」が大切だと、聖書の箇所から力説されます。人は自分がどのような性質であるのかを内省しそれに気づくことや、意識を変えるのは、至難の業《わざ》だからというのです。

私も自分に気づかないで、結婚生活を十四年過ごしてきましたが、遅ればせながらの気づきと、変革であったと思います。


「しかし、あなたには非難すべきことがある。あなたは初めの愛から離れてしまった。

それで、あなたは、どこから落ちたかを思い出し、悔い改めて、初めの行ないをしなさい」

（黙示録　二章4、5節）

それからの私

家に戻ってからすぐに夫に報告しました。

「私ね、新しい目標を見つけたの。あなたの仕事のお手伝いをしなさいって、イエスさまも、先生もそう言われたわ。それに、箴言に書いてあった『うるさい女といるよりは、荒野に住むほうが、まだましだ』のうるさい女って私のことだったのね。はっきりわかったわ。今まであなたに、不機嫌な態度や、口うるさく言ってきたけれど、本当にごめんなさいね。許してね」

私は、夫の顔をのぞき込むようにして、言いました。びっくりしたのは夫です。

「おいおい、大丈夫かい。でもそれが本当だとしたら、ありがたい、ほっとするねえ。精神的負担が軽くなって助かるよ。今後ともによろしくな。どうぞお手やわらかに」

「まあっ、あなたったら」

私たちは、新しい目標に向かって動き出し、両方の歯車がくるくると回り始めました。私の心にも婚約時代の初めの愛が、従順が戻ってきたのです！

「心の中の留め金が外れたような、自由になった気がするわ。新鮮な気分なの。まるで羽がはえて鳥になったようだわ」

「大げさだなあ」

「ううん、ちっとも大げさじゃないわ。これが本来の私よ。からだがとっても軽いわ」

夫婦の図式は逆転しました。

目標を見つけた私は、水を得た魚のように生き生きとし、気づいたことからやり始めました。夫の足元に散らかっている生地の切れ端や糸くずを片づけ、日に何度も掃除をしました。家の中はすっきりと奇麗になり、気持ちよくなりました。

「あっ、そうだわ。玄関の外燈が切れていたわ。すっかり忘れてたわ。取り替えるわね」

「うん、そうだなあ」

出来上がった洋服を、夫はお客様の元へ届けます。その夜は、いつも帰りが遅くなります。外燈がついていれば、夫の足元も明るく気分もよいでしょう。

（あっ、それから、下着にくつ下、買うのを忘れてたわ。ワイシャツも新しいのにしましょう。ネクタイもね）

心が通わず無意識でしている場合と違い、意識が変わり、目標を見つけた私は華やいでいるのでした。その後は次々と細やかなことにも気づかされていったのです。

「裁ち板の上には、仕事以外の物は置かないでくれよ。仕事用のはさみで、ほかの物は切らないように」

と夫がいつも言っていたのに、夫が外出すると、私は無意識に裁ち板の上に物を置き、仕事用のはさみでほかの物を切ったりしていたのでした。これからは気をつけなければ。

「あさりのみそ汁が飲みたいなあ」

と夫が望んでいるのに、私は自分の好きなわかめのみそ汁を作っているのでした。夫が仕事で夜遅く帰ってくるときがあります。

「まずお茶を一杯くれないか。疲れているから三十分ほど休ませてくれ、それから話を聞くことにしよう」

と言っているのに、帰ってくるなり、私はあれもこれもと話をするのでした。夫の話や要望は、私の耳の横をすり抜け、夫の存在は、私の意識の中に、入っていなかったようでした。

いまにして思えば、結婚して三か月目に妊娠し、長男を出産し、慣れない子育てを経験して、三年後に次男をもうけました。

長男も次男も、帝王切開のため、育児は二人で専念しました。私の愛情は全部、子どもたちに費やされ、夫への愛は残っていませんでした。夫のことは、見てはいるけれども、見てはいない、夫は私の意識の範疇には、入ってはいなかった、というのが正直なところでしょうか。

その上、子どもたちが私の手を離れるようになると、次の目標が見つからないと言っては捜し求める。夫は私のわがままに耐えてくれていたのです。夫にも子どもにも十分な愛情を注ぐのは理想でしょうけれども、不器用な私にはとてもできませんでした。

と言えども、裏を返せば、短所は長所でもあるのです。不器用だからこそ、一つのことに集中できる、心が散漫にならない、という特徴が私には備わっているのでした。

自分の夢と願望が明確になれば、それに向かって努力し、邁進もします。

一つのことに、こつこつと努力を積み重ね、最後まで、きちんとやり遂げる、という特質が私には備わっているのです。

問題が起こると、それを解明するために、納得できるまで、考え、追求し、忍耐強く、どんなに時間がかかっても、最後まで遂行するのが私の性質なのです。それが私の賜物だと心得ていました。それだけに、石橋を叩いて渡る、用心深さも持ち合わせています。

わがままで、悪妻だと思われがちな私にも、優れているところは沢山あるのです。でも、それは誰も知りません。

それはさておき、この時期から私は夫に対する見方がすっかり変わってしまいました。


「人が、ひとりでいるのは良くない。

わたしは彼のために、彼にふさわしい助け手を造ろう」

（創世記　二章18節）


創造主である神が、アダムという男を初めに造り、次に女を造り上げ、夫のための助け手とされました。私にはこの知識と認識がまったく足りませんでした。夫は神の似姿であり、尊敬すべき対象として創造されました。妻である私は、夫を尊敬し、助け手としての役割が与えられているのです。

そのようにして、主イエスさまに従うことは、夫に従うことであり、夫に従うことは、イエスさまに従っていることになるのです。

夫を尊敬し、信頼し、愛することは、イエスさまを心底、礼拝していることにもなるのです。この両者のあいだには一致があって、少しのずれもありません。


「仕事の手伝いはなにをしたらいいのかしら、なんでも言ってね」

「秋葉原まで生地を買いにいってくれないか」

「ええ、いいわよ」

「それから生地屋の三軒先に、付属屋があるんだ。裏地とボタン、ズボンのプレスと、ネームも入れてきてくれ」

夫は次々と、仕事を頼むようになりました。私は時間に無駄がないように、朝早く家を出て十時には帰ってきます。私が補助的な助けをする分、夫は洋服を縫うことだけに専念できます。仕事ははかどりました。

洋服が出来上がると、また私の出番です。

背広の袖口、背中の裾のまつりとズボンの裾のまつり縫いをするのが、私の担当でした。

「文句ばかり言ってないで、少しは仕事を手伝ってくれないかなあ」

「私は鉛筆を持つのは好きだけど、針を持つのは性に合わないの」

とつれなくしていた私でした。が、反省の心ができると針を持つのがとても苦手だったのに、私の心が自由になり、喜んで手助けをするようになると、あら不思議、だんだんと上手になり、早くできるようにもなってきたのです。

（やっぱり、目標を持つことは素晴らしいことなんだわ！）

それが終わると、昼食を取り、休憩をして、また仕事に取り掛かります。

夫婦が力を合わせて、同じ目標に向かって前進できる、歯車がまわる、足並がそろう！　気持ちのよいものです。

私の愛と力も全開でした。夫の心と私の想いとが一つになる、感情の面でも共有できる！　私がなによりも望んでいたのは、そのことでした。

「注文服だけじゃなくて、直し物もしたらどうかしら。それは私が開拓してくるわよ」

「頼むよっ」


「ふたりはひとりよりもまさっている。

ふたりが労苦すれば、良い報いがあるからだ」

（伝道者の書　四章9節）

この聖書の言葉が、わが家の目標となり、私は歌を口遊みながら、夫の仕事を助けました。右の聖句の通り、良い報いがあり、なんと収入が増えていったのです！

私は家計簿を見ながら、収入がいいのを味わい、助け手としての役割に大いに満足したものです。夫に従うことによって、夫婦の関係が滑らかになる秘訣、コツを見出し、円満になるのを発見したことは、なににも勝る喜びでした。

結婚生活と家庭の秩序

結婚は、一人の男性と一人の女性が、社会的に婚姻届けを済ませ、衣食住や性生活を共にすることであり、それ以外の性的関係は、不道徳の罪であって、不品行と言えます。

結婚は、不品行を避けるために神が定めた制度なのです。

それは聖書の神が、初めに男を創造し次に女を造り、人は父母を離れ、妻と結び合い、二人は一体となる。したがって結婚は神による結び合わせであると制定されました。それゆえ、結婚は一夫一婦制であると決められました。

夫は妻のかしらであり、妻は夫に従いなさいと命じています。それこそ、創造の優先順位や役割の相違であって、人としての価値や優劣の相違ではありません。

調和のある美しい家庭生活を作り出すための秩序でもあるのです。

「不品行を避けるため、男はそれぞれ自分の妻を持ち、女もそれぞれ自分の夫を持ちなさい。夫は自分の妻に対して義務を果たし、同様に妻も自分の夫に対して義務を果たしなさい。

妻は自分のからだに関する権利を持ってはおらず、それは夫のものです。同様に夫も自分のからだについての権利を持ってはおらず、それは妻のものです」

（コリント一――七章二節〜四節）

結婚したときから、私たちのからだは自分だけのものではなくなり、互いのからだに気を配る責任があります。

私たちの結婚は、偶然でも行き当たりばったりでもありません。「神が引き合わせたもの」との認識のもとに成立したのです。

それゆえ、夫と妻の間の愛の交歓は、創造主である神が夫婦に与えられた素晴らしい、愛し合う二人の愛情表現でもあるのです。

その喜びを十分満喫しなければ、結婚生活はいささかというより、大いに問題なのではと思います。

それなのに、私は夫の求めにも、くるっと背を向けて、

「子育てで疲れているの、また今度にして」

と拒絶したこともあります。

渋々応じることはあってもその態度は、なおざりでした。これではいい妻とはいえません。夫は寛容な人ですから、耐えているようでしたが、私の態度は夫の人格のすべてを否定したことになります。夫はどんなに傷ついたことでしょう。申しわけないことをしたと深く反省しました。

夫は男として正常で健康でした。むしろ、私のほうが不健康で、精神状態が大きく揺れ動いたのは否めません。子育てで疲れているとか、億劫、面倒、うっ陶しい、渋々などの不快な感情は、深く悔い改めることによって、すっきり取り除かれました。

夫の性的要求を最優先事項に持ってくるならば幸福な結婚生活を送ることができると、私は遅ればせながら気がついたのでした。

私が夫に従い、喜んで仕事の手伝いをするようになると、歯車が滑らかに回るようになり、それに伴って、夫婦生活にも喜びが戻ってきたのです！

その結果が二人の息子たちなのです。

子どもは神からの賜物であり、祝福です。ですから何よりも、まず神に喜ばれるように育てる義務がありあます。子を「その行く道にふさわしく教育しなければ」と思います。

第二章　「喜びを伝える」

自伝を書く序章

人は将来の長期的な展望なしに生きることはできない、と私は考えます。未来への夢や希望が何一つもなければ、人生は無意味に思え、私の精神は気づかないうちに、日々、死んでいきます。人生の目的や目指すところがないならば人生は寂しいし、むなしくもなり、生きる力さえ失ってしまうのではないでしょうか。

生きていく上での目的意識、使命感、責任感、志や目標など、人がよりよく生きるための必要な要素はこれではないかと思います。その人にしかできない役割や賜物、また得意とすることを、自分の今後の人生の物語として紡いでいくことや、その物語を書き記していくのは、私の前向きな考え方次第となるわけですが、ビジョンがあるというのは、次に起こってくる事柄を、必ずしも詳しく具体的に知っているということではありません。

ただ私が進んで行く方向性、この行く先にはいいことが待っている。自分の将来には希望と目的があり、その行く手は明るい、ということを知っているということなのです。

いままで夫の仕事を助け、一所懸命働いてきましたが、そのようにして七年ほどが過ぎていったある日のことでした。

（五年もパーマをかけてないし、そうだわ、きょうはパーマをかけに行ってみよう）

なぜかそんな思いになって、美容室へ行ったのです。その美容室は駅の近くにある、私がいつもカットに行く店でした。

「今日は、どうなさいますか」

「パーマをかけようと思うの。どうしたのかしら。急にそんな思いになったのね」

「奥さん、幸せそうですねえ。何かいいことがおありのようですね」

（私が幸せを実感してるのが、外側から見てわかるのかしら）

「ううん、そうね。どうしたのかしら、お洒落がしたい気分になったのよ」

「それはいいことですよ。陽気もいいし、ご気分のいいことですし、これは何かいいことが起こる前ぶれですよ」

愛想のよい店長は、大袈裟な身ぶりで話しかけ、客の気分を損ないません。店内は私一人です。それもあったからかもしれません。顧客を大切にする店長の姿勢はさすがプロだな、と思いながら鏡の前に座りました。

髪にアミカラーが手際よく巻きつけられ、その透き間にパーマ液を流して、キャップを被って待ち時間となります。店で飼っている猫がソファの上で、目を細めて、どこを見るでもなく丸くなっています。

（気持ちよさそうにしてるわ）

客が一人またひとりと入ってきました。店長は、

「そのままで、しばらくお待ちください」

と言って、ほかの美容師さんが女性週刊誌を三冊、私の前に置いてくれました。その一冊を何気なくぱらぱらとめくって見ると、見開きの紙面に大きな見出しが躍り出て、私の眼を釘づけにしたのです。

その日は、一九九〇年六月九日、土曜日でした。私は四十六歳になりました。

記事は『告発〝部落差別〟で結婚崩壊！　無くせ、人間が人間性を奪う部落差別―この苦しみは私だけにして』。

一瞬、自分の味わってきた過去に、引き戻されたような錯覚に陥りました。そうなのです。私も結婚問題では、いわれのない差別を受けて苦しみ悩んだ経験がありました。

けれども、現在は幸せな結婚生活を送っています。それは結婚差別という苦悩を通して、私はイエスさまに、救いを求めたからでした。イエスさまを信じる信仰によって、差別されるという、辛さや悲しみ、苦悩、怒り、重荷などから解放され、マイナスの感情は、不思議なように消え去っていったのです！　それと同時に、深かった心の傷も、痛手もみな癒されていったのでした。

結婚差別を克服できたのは、イエスさまに救いを求めたことと、夫の愛情によるものでした。私の出身、背景がどうあれ、少しも気にしないよ、という寛容な人を今の夫としてイエスさまが巡り合わせてくださいました。

夫は、結婚は人格と人格の結びつきであると『聖書』を学んで了解した人でした。

イエスさまを信じる者同士、同じ価値観を持って生きることを納得した私たちです。夫の優しい人柄はいまも変わりません。

夫と結婚したことで、苦しかった過去はすっかり忘れてしまいました。そして現在が幸せに満ち足りているのも、信仰によるものです。しかし、このあと順調な生活が一変します。女性週刊誌の記事が突然、私の意識の中に飛び込んできて、心を揺るがすのでした。

こざっぱりしたであろう自分の姿を鏡に映すのも忘れて、店長にお願いしてみました。

「この週刊誌、お借りしたいのですが、読みたい箇所があるのです」

読み終わったらお返ししますからと言い出さないうちに、店長は、

「ええ、どうぞ、どうぞ、差し上げますから、家でゆっくりお読みください」

家に帰り、じっくり読んでいくと、紛れもない、部落差別の実態が浮かび上がってきました。

ある女性の、悲しい体験談が記されてありました。女性は二年間の交際の末、結婚という段階になって、相手方の両親に大反対されました。同和地区に生まれた、というだけで結婚は破談になり、彼女の人格は無視されてしまったのです。彼女の心は深く傷つき、結婚への恐怖心だけが残った、という胸の痛む記事でした。

――ああ、私と同じ結婚差別に苦しみ、深く傷ついている人がいまもいる。民主主義といわれて久しい世の中なのに。日本国憲法でも、すべての国民は法の下に平等であり、人種や性別、社会的な身分などによって差別されないと書かれています。

教育を受ける権利、職業を自由に選ぶ権利があること。お互いの意思だけで、結婚できることなどが保証されているというのに――。

未だに過去の歴史の重荷を引きずり、泣いている人がいるという現実を、雑誌を読んで初めて知ったのです。

遠い昔の話ではありません。一九九〇年に告発された記事なのです。私の心は大きく揺れ動きました。すっかり忘れていた過去の記憶が、このとき、よみがえってきたのでした。


週刊誌を持って、すぐさま夕子さんの元へ走っていきました。夕子さんは、福牧師の奥様で、私が通う教会の二階に住んでいました。夕子さんは、とても控え目な方で楚々としていられます。それでいてイエスさまを伝えることには、心を熱く燃やしておられました。私たちはよく語り合い、ともに祈り合っている、仲間であり友でもあります。

祈り合うようになったきっかけは、一九八〇年代の初めのことです。私が阿佐ヶ谷に買い物に行こうとして、教会の前を通りかかったときのことでした。

教会の玄関の大きなドアが開いて、夕子さんが顔を覗かせたのです。これを偶然というのか、神の特別の計らいというのか。人生には、ちょうど、たまたま、図らずも等の、不思議な出会いがあるものです。

「まあっ、かなこさん、ちょうどよかったわ。私ね、祈りの友を与えてくださいって、イエスさまにお願いしていたの。そしたらね、あなたの名前が浮かんできたのよ。いっしょに祈りませんか！」

祈りの友を作る場合、信頼関係がなければ成立しません。それにもし私が断われば、祈り会にはならないのです。

　夕子さんは、よほど勇気のある人なのか、自信や確信がなければ「ともに心を合わせて祈りませんか」とは言えないものなのです。

　一般にどのような内容であれ、人は断わられるというのがいちばん恐いもの、断わられたらどうしようと、心配が先に立つものです。

　そういう意味では、夕子さんはとても勇気のある、大胆な人だなと思いました。私も以前から、誰かともに祈り合える人を捜していたのは確かだったのです。そんな互いの趣旨が一致して、二人の「祈り会」が始まったのでした。


　私は座敷へ上がると、すぐに週刊誌を開いて夕子さんに見せながら話をしました。

「いま一九九〇年なのよ。新しい世紀を間近にひかえて、日本では未だになんの理由もない差別に苦しむ人がいるなんてとても信じられないわ。人はちっとも進歩してないわね。この記事を読んでびっくりしたの。それからね、イエスさまが私に語っておられるような気がするのよ。『あなたが体験した、信仰によって克服した、結婚差別の問題を、『自分史』として世の中に発表しなさい。そうすれば、誰かの助けになるでしょう』」

　私の動揺は隠せません。あまりにも突然であり、まさかイエスさまから「自伝を書きなさい」と指示されるとは思ってもいなかったことでした。しかもパーマをかけに行った、楽しい気分のあとなのですから。

夕子さんにいまの考えを相談すると、彼女はすぐさま、

「まあっ、自分の体験を書くことはとても素晴らしいことだわ。結婚のことで長い間苦しんできた、かなこさんにしか書けない、証しだと思うの。心から応援するわよ。きっとイエスさまのお考えかもね。でもまず祈ってみましょうよ」

夕子さんは積極的に勧めてくれました。彼女は喜んで祈りをともにしてくれたので、祈り終わったあとの気分は、ほっとした安心感に包まれました。

クリスチャンになって、様々な人々との出会いが私の人格を成長させてきてくれました。夕子さんも、その中のお一人なのです。

このような流れで、私はすっかり忘れていたことをはっと思い出したのです。まだ子どもたちが小さかったころ、

（自伝だったら書けるかもね。書いてみたい）

と思ったことを。でもその熱い想いは三週間ほどで消えていったのでした。まだ子どもたちには手がかかり、忙しくて書けるような情況ではなかったからです。書く時期がきたのかなとも思いました。

あのときの書きたいとの熱い想いと、月日は流れて、いま週刊誌を読みながら心が揺らいでいる現状とは、繋がっているのだと理解しました。

そうだわ。あのときの自分史編集センターへ頼んだ「案内書」が、本棚の隅に大切に保管されていま

す。取り出してじっくり読みました。

（自伝を書くことは、次の目標になるのかな）

自分史というのは、文芸社から出版された私の本のことです。読んでくださった方には、もうおわかりのことと思います。

この自伝がどのようにして、一冊の本になっていったのでしょうか。

決断のとき

その決断は私がしなければなりません。ところが、そう簡単に決められるものではありませんでした。

理由はいろいろありました。

文章は書いたことがないという不安。登場人物に迷惑がかかりはしないかという心配。忍耐のいる作業で、途中で投げ出し、完結まで書ける力があるのか、まったく見通しがつきません。同和問題は、私個人の責任ではありませんし、日本社会の解決しなければならない課題でもあります――。

様々な思いが心をよぎって、いざとなると決められませんでした。誰か代わってくれる人がいないかな、と思ったほどです。

それに自分の傷ついた過去を書く人などいるのだろうか。人は誰でも、自分の欠点や失敗、弱さ、話したくないことなどがあるものです。

成功物語なら書きやすいけれども、私の人生は悲しみと挫折ばかりです。面白くも、楽しくもない話を活字にするなんて……。

過ぎ去ったこととは言え、沈黙を破ることは勇気の要る作業でした。胸は大いに揺れにゆれて、悶々と悩み始めました。毎日そのことが頭から離れません。夫の仕事の手助けを目標に、楽しくやってきた過程での課題でした。

針を持つ手がしばし止まったままです。

「どうしたんだ。手が止まってるよ。何かあったのか、話してみろ」

「イエスさまがね、いままで歩んできた私の人生の証しを書いてくださいって言われたの。そのことで悩んでいるの……」

「ふーん……そうか」

夫と言えども、私に代わることはできません。自伝を書くのか、書かないのか、いずれかに決めなければなりません。三か月ほど、ああでもない、こうでもないと心配して、一歩も前に進めないのです。悩みが深くなるほど、このような情況にいる自分が苦しくなり、思い切って決断しました。私は「書かない」ということに決めたのです。

やはり、本にしないで身内だけのものにして、記録にして残しておこう。沈黙のままでいようと――。

「イエスさま、あなたのお頼みでも私は書けません。はっきりお断わり致します。他のことなら何でもいたしますから、おっしゃってください」

決めたことで心の中がすっきりしました。

なんと気持ちのよいこと。悩みが消えて、心も軽くなり、また一生懸命働いていこう。穏やかに一週間が過ぎていきました。それなのに、日がたつにつれて、心がざわめき、不安にもなり、落ち着くこともできなくなりました。

（お断わりしたのがいけなかったのかな。イエスさまは、やっぱり私に自伝を書いてほしいと、願っておられるのだろうか）

はっきり断わったことによって、逆に書かなければならないことが、明確になってきたのです。守りの姿勢からは、何も生み出すことはできません。私は本気になって祈り始めました。

「イエスさま、私に自伝を書く勇気と力を与えてください。私を大いに祝福し、教会内での証しだけでなく、外に向かっても福音を広め、伝えられるように、上からの力を私に貸してください。私の所有する信仰という、土地を広げて、私を一粒の麦として豊かな実を結ぶ者にしてくださるように……」

祈ったあとは、不思議なように、胸のざわめきがぴたっと止まったのでした。

こうして私は、自分の人生の中でいちばんの、大きな「決断」をしたのです。

けれども決断はしたものの、自分の心の中を覗いて見ると、人を恐れ、たじろぎ、弱気になる私がいます。うろたえ、おじけつき、ひるむ弱い私がいるのです。

自伝を書けない理由をいろいろ考えましたが、最初の大きなわけは、やはり人が怖い、世間が怖いなということでした。

この恐れを、自分の内面から追放しなければ、前には進めません。自伝を発表したら私はどうなるの。とにかく先のことを考えるのはやめよう。心配はたくさんあるけれども、書き終わってから考えることにしよう。いまは書くことだけに専念しようと決めたのです。

私が決断できたのは、旧約聖書のイザヤ書の言葉に助けられたためで、それで前進できたのです。

「恐れるな。わたしはあなたと共にいる。
たじろぐな。わたしがあなたの神だから、
わたしはあなたを強め、あなたを助け、わたしの義の右の手で、あなたを守る」
(旧約聖書　イザヤ書　四十一章10節)

なんと力強い言葉でしょう。イエスさまは、全面的に私の味方となってくださるのです。書く勇気と力をもらった私は、早速、原稿用紙のまとめ買いに行きました。物事はなんでも決断すると、早く進んでいくものです。

一つ、しなければならないことがありました。夫の承諾を得ることです。反対はしないとは思うけれども、自分のことを書かれるのは気になるものです。話をするのは夕食の後、くつろいでいるときがいいと思い、私は気楽に語りかけました。

「ねえ。こないだ話した週刊誌の記事のことだけど……」

「なんの話だった？」

もう忘れていました。夫の性格は、私の眼から見れば軽い。だからこそ、重い問題を抱えていた私は救われるのでした。

「ほら、結婚問題で苦しんでいる女性の話よ」

「ああ、その話がどうかしたのか」

「いろいろ悩んで考えてみたけれど、やっぱり自伝を書いてみようと思うのよ。イエスさまが、私に書いてくださいと、頼んでおられるような気がするの。勇気がなくて、一度はお断りしたけれど、気持ちが少しも落ち着かなかったわ。でも書くと決めたら、すっきりしたの。これはイエスさまの、お考えに違いない、と確信したわ」

「それで何をどのように書くんだ」

と、夫はさり気なく尋ねます。

私は、両親のこと、私の生い立ち、その暮らし、姉や弟のこと、上京してからのこと、結婚差別の壁にぶつかって苦しんだこと。また、クリスチャンになって、その苦悩から解放された、自由と喜び、そして、あなたとの出会いから結婚までを書く、と説明しました。

「書いてもいいかしら？」

私はもう書くと、決めたのだから、夫にはいい返事をしてもらわなければ困ります。夫の顔を覗き込むと、しばらく考えながら、こう言いました。

「イエスさまが、言われたのなら、反対はしないよ」

答えながらも、その言葉はやや消極的なように思えました。

「それじゃあ、賛成なのね？」と確認すると、「複雑な気持ちだよな」と苦笑しました。書くのは私なのだから、自分のことは思い切ってさらけ出すことはできても、書かれるほうの夫は、どんな風に書かれるのか少し気になるようです。

「書かれて困るような、心配なことでもあるの」

「いや、心配なことはなにもないよ。ただ……」

「ただなあに……」

「おれのことを書くときは、必要以上に美化しないでくれよな」

ああ、やはりそのことが気がかりになっていたのだと思いました。

イエスさまに信仰を持つまでの彼は、生きる目標がわからないでいた、さ迷う哀れな子羊でした。彼のそのような節度がない生活を書くこと。また教会に初めて出席したときの様子など、礼拝中に、たばこの煙を吹かしながら、聖書の話を聞いていたことなど、この事実を伏せたりしないだろうかと、気になっていたようでした。

「美化するも、しないもないわ。お互いに私たちの人生は、失敗と挫折ばかり、そのままを書くだけよ。安心してね」

夫も了解してくれて、これで書く準備はほぼ整いました。

「自分史」奮闘記

私の次の目標は自伝を書くことでした。

夫は六畳の部屋で仕事をしています。

その部屋からお膳を四畳半に移して、書く用意を始め、夫の仕事の補佐をしながら、その合間に書かなければなりません。

私は本棚の片隅に挟んであった「案内書」を取り出しました。それからすぐに、自分史編集センターへ、添削指導の申し込みをしたのです。

数日が過ぎて『自分史を綴る』と題した本が送られて来ました。全部に目を通すと、自伝を書くための「要領」が紹介されてあります。

——なぜ自分史を書くのか、書く上での心構え、誰のための自分史なのか、自分史を書く目的がはっきりしているか、どうか——。

「なにを自分史に残し、伝えるのか」このなにをの部分を自分史づくりの前に、はっきりさせておくことが、完成の善し悪しを左右するので、よく考えておきましょう——という内容でした。

満足のいく自分史を書くためには、次の手順を踏んで筆を進めるのがコツのようだ、とも書かれています。

イ　テーマ（題目）を考える
ロ　それらに関する資料をそろえる
ハ　文章の組み立てを考える

というもので、初めて文章を書く人は、古くから言われているように、起承転結に従って順を追って書くのがよい、と書いてありました。

これらの内容を頭に入れて、翌日、用意してあった四百字詰めの原稿用紙の前に座りました。ところが、そこはまったくの素人です。書き始めようとしたら、頭には何も浮かんでこないのです。浮かんでこないのですから、書き出せるはずはありません。案内書の通りにはいかないものです。題も決められず、手が止まってしまいました。

すぐ本屋さんに行って、自伝を書いた人の作品を探して、読んでみようと思ったのです。

三冊注文した本の筆者は、知名度のある人たちばかりです。

（みんな上手に書いているのねえ……）

読みながら、私の書こうという意欲は、たちまちのうちにそがれ、落ち込みました。沢山の本を書いてきた人たちばかりです。上手なのは当然だわ。立派な作家の先生たちと、比較するのはよそう。私はただの主婦だもの。下手なのは当然、人の手法を真似るはやめよう。そうして自分を慰め、そう思ったら、少し気分が和らぎました。

私が自伝を書くことには、紆余曲折がありました。書き始めたのが四十六歳のときです。一九九〇年、十二月の初めごろ、書いても、書かなくても、原稿用紙の前に座りました。台所仕事や、洗濯物を干しているときなどに、ふっと頭に浮かんだ文や言葉は、すぐ書き留めるようにしました。

一枚でも二枚でも、書いたらすぐ編集センターへ送ります。すると赤ペンで添削されて送り返されてきます。意味がわからない表現は検討事項とするように。再度、読み返しをして、書き直しをするように、との指導にも従いました。

原稿といっしょに作品の講評も添えられています。原稿用紙の書き方の、イロハもわからない私の原稿です。添削者にしてみれば、注文をつけたいところ、手を加えたい箇所も多くあったのではと思われます。当時の原稿を見ればそれがよくわかります。

それを極力ひかえ、私の文体を大切にしながら、補足的な説明を加えてくださったのです。初めて文章を書く私にとって、添削者の指導は私の意欲を増すものでした。

「たいへん丁寧に書いておられます。住んでいる村のことから始まり、特に、家庭の貧しさに気づくところや、死の恐怖を感じるところはよかったですよ。中里さんの周辺の人たちのことを書きながら、当時の中里さんの心境が浮かび上がるようになっています。ご自身と登場人物に対する書き方も上手で、私も一気に読むことができました。文章の調子も、回を重ねるごとに良くなっていますよ」

毎回、褒めながら、講評してくださったのです。

（よい箇所を見つけて褒めてほしいなあ……）

私の心理を熟知しておられるようでした。とにかく、褒めてもらわなければ書けないものなのです。

「信仰を持つようになってからの、中里さんの様子が非常によく書けています。旧約聖書の『ルツ記』はとてもいいですねえ。ルツ記の引用聖句や、ルツの結婚と、ご自分の結婚をだぶらせて解決しようと、探る心理はなかなかのものですよ」

褒めて、おだてて、その気にさせて、ようやく中盤に差し掛かりました。ここまできたら、「もうそろそろ、テーマを決めなければなりませんね」と言われました。

主題もこれといって決まらず「若き日の苦悩」にしようか、「光を求めて」がいいのか、どこかで耳にしたような題ばかりです。

自伝もいよいよ終盤へと近づき、小学校一年生から、結婚までを記録したもので、長編になってしまいました。途中、何度も筆が進まないこともあって、投げ出したくなることもしばしばでした。「もう、これ以上、書けません」と手紙を出すと、

「中里さんなら、大丈夫、最後まで完成できますよ」

と持ち上げ、励まし、次の文章へと繋げてくださったのでした。

書き終わった原稿は八百枚。添削してくださった方の助言のもと、五百枚にして、完結させることにしました。十七回の通信指導も終わりました。

「自分史の完成おめでとうございます。今回で、当センターの通信添削も終了となります。書き始めは、一九九〇年十一月六日、完成した日、九三年四月三日」

添削指導をしてくださった方のお名前で記してありました。

初めて書いた自分史は、右手に針を持って夫の仕事を助けながら、その右手を鉛筆に持ちかえて孤軍奮闘したのでした。

脱稿はしたけれど

このころ、長男はもう高校生になり、次男は中学生です。息子たちの大きくなったからだがぶつかり合います。家が手狭になりました。住まいのことについては、特になんの計画もありませんでしたが、私の心の中では、

（テーブルで食事ができたらいいなあ。立ったり座ったりも楽だし、広い台所なら使い勝手もいいし、あと片づけも早くできるし……）

いつもそのような夢を見ていました。心の中の願望は、強く望めば必ず実現するものです。それが私の生き方でした。その後、そのようになってしまったので、驚きました。そのささやかな夢が実現した

のも、同じ洋服業を営んでいる同業者の奥さんが、いい話を持ってきてくれたからです。

「中里さん、住宅に申し込んでみませんか。実は私たち申し込んでみようと、準備はしたものの、事情があって今回は見送ろうと思うんです。この申し込み用紙もったいないからあなたにあげますよ。よかったら使ってください」

「まあっ、ありがとう」

その人の配慮で申し込みに行きました。

なんと、それが当たってしまったのです。人さまが言ってくれる親切は、素直に受け取ってみるものだと思いました。何が幸運を呼んでくれるのかわからないものです。高円寺には子どもたちの友達がいます。

「住宅が当たったけれど、どうする？」

「もちろん引っ越そうよ。せっかく当たったんだから」

長男のひと声で、練馬の平和台に引っ越すことになりました。平和台の駅もすぐそこ、なんと便利。教会の近くに住んで十五年、住み慣れた街をあとにしました。二人の息子たちは、自分の部屋が持てることを、とても喜んでいます。長男が嬉しそうに言いました。

「かあさん、家に風呂があるっていいねえ。シャワーだって使えるんだよ」

「良かったわね、これからはもっと幸せになれるわよ。台所にテーブルが置けるんだもの」

六人掛けのテーブルも、クリスチャンの友人が譲ってくれました。私の小さな夢も実現し、ささやかな幸せだけれど、私たち家族が恙なく生きてこれたのは、周りの人の善意によるものです。人生の節目には、私たちの必要に応じて、誰かが手を差し伸べてくれました。

次男も高校一年生です。これもまた、ちょうどいい時期の引っ越しでした。

平和台に住みはじめて二年ほどすると、住宅の道を挟んだ所に、スーパーマーケットが建ちました。すぐ目の前です。これがまたまた幸運を呼んでくれました。

「奥さん、スーパーで募集してるわよ」

近所の人が、チラシを持ってきてくれたのです。面接に行ってみると、すぐ採用されました。職場まで一分とかかりません。スーパーで働きながら、自伝を単行本にするための費用を、こつこつと貯めていったのでした。

（どうして、なにもかも、上手くいくのかしら。みんなイエスさまの、おかげだわ）

目の前のスーパーへ、働きに行くのは喜びでした。一日たりとも、仕事を休みたいと思ったことはありませんでした。

私の朝は早く、夏でも冬でも五時起きです。

「自伝を単行本にしたい」との目標を掲げて、私はスーパーへと走り続けました。

あなただったの

自伝を単行本にするために、こつこつとお金を貯めてきました。ずうっと、自伝を書くことだけに没頭していたので、貯金通帳を見るのを忘れていました。

ある日、銀行からハガキが届き、金額を通帳に記入したいので、持って来てくださいと、書いてありました。

（どういうことかしら）

その通帳は、もちろん、本を作るために貯金をしている通帳です。

その日は、二〇〇三年、十一月二十一日。

通帳を持って、銀行の窓口に行くと、

「いま記入しますから少しお待ちください」

名前を呼ばれて通帳を見ると、一九〇万円あった預金が、四六〇円しか残っていません。私は自分の目を疑いました。

「何かの間違いじゃないでしょうか。私はまだ一度も下ろしていませんが」

銀行員の女性に話すと、

「でもよく見てください。何回かに分けて、下ろされていますよ。誰かが奥さんのカードを使って、引き出したようですね」

　詐欺、悪い人、警察などの言葉が頭に浮かび、顔から血が引き、真っ青になり、恐ろしくなりました。詐欺に引っかかるなどはよくある話です。家に帰り、すぐに夫の出先に電話を入れ、話をすると、すぐ帰るというのです。

　夜の八時ごろ、夫が帰ってきました。夫は、炬燵に入り、なぜかじっとしています。私は銀行から送られてきた、ハガキと預金通帳を夫に見せて、話をしました。すると夫は、

「遊んじゃったんだよ」

「えっ、詐欺に引っかかったのかと思って、警察に電話しようか、どうしたらいいか心配してたの。あなたが下ろしたの？　何をして遊んだの？　それで何に使ったの？」

「……」

　夫は、黙ったまま口を固く閉じています。悪い人に引っかかったのではないことがはっきりわかったので、ほっと安心はしましたが、話を聞くうちに、徐々に怒りが込み上げてきました。お金を下ろした真相が、まだ解明されてはいません。

「銀行からの問い合わせがなかったら、ずうっと、私に隠すつもりだったのね。見つからなければ、それでいいと思っていたのねっ」

「いやいつかはわかると思っていた。びくびくして、夜も安心して眠れなかった……」

「あの一九〇万のお金はね。私がスーパーで働きながらこつこつ貯めたの。自伝を本にする時のために

と、大切にしまってあったのよ。それをあなたは私に断りもなく下ろして、四六〇円しか残ってないわ。なんてことをしてくれたの。私がイエスさまの言いつけ通り、せっせと自伝を書いているとき、あなたはせっせと、お金を下ろして遊んでたのね。許せないわよっ、私がなにも気づいてないのをいいことに、帰りが遅いから、おかしいとは思っていたのよ。

私たちはもうだめね、もうやってはいけないわ。私は子どもと生きていくから、あなたはこの家を出て一人でやっていきなさいよっ」

自伝を出版するためのお金に手を付けたことが、私を怒らせたのです。人助けのために使うのならまだしも、遊びに使うなんて、とても許せません。

夫は済まなかったと言って謝り、ストレスもあった、と言って言いわけをしました。

「ストレス？　ストレスというのはね、往々にして、人生に生きる目的や、目標がない人に起こる現象なのよ。あなたの目標はなに？　それが明確じゃなければ、ストレスになるわね。生きる目的意識のある人は、ストレスは少ないわよ。なんのために生きているのか、はっきりしなければ、時間の浪費と、お金の無駄遣いと、からだが疲れるだけでしょっ」

「……」

私の築いてきた、誠実な生き方と、信念と、理屈と説教が炸裂したのでした。

ところが当の本人は、発覚したことで、なぜかほっとしているようにも見えました。私は怒り心頭に発し、かんかんになって怒っているのに、夫の顔は涼しげに見えて、開き直っているようでもあります。

「夜も安心して眠れなかった。だから、イエスさまには、すべての罪を告白して謝ったよ。罪を告白すれば、イエスさまは許してくださると、聖書に書いてあるからねえ」

確かに、ヨハネ第一の手紙（一章9節）にそう書いてあります。

もし、私たちが自分の罪を言い表わすなら、神は真実で正しい方ですから、その罪を赦し、すべての悪から私たちをきよめてくださいますと――。


しかし、夫はお金の使い道をまだ正直に話していません。隠されていることは、明らかにしなければなりません。二度あることは、三度あるとも言います。

（自分の都合が悪くなったときだけ、イエスさまに赦してもらうなんて）

釈然とはしないけれど、イエスさまが、

「私があなたの夫を愛し、許しているのですから、あなたも夫を赦してあげなさい」

「……」

人は種を蒔けば、その刈り取りもしなければなりません。

「これからは、よい種だけを蒔くことを誓ってね」

「……そうするよ」

（本当かしら……）

人の心は隙あらば、そこに付け入る悪が入り込み、多くの人が堕ちていくのです。

この世は、悪がのさばり、はびこる誘惑の多いところでもあることを、夫には肝に銘じてもらわなければなりません。その弱さを克服し、勝利するにはただ祈りしかありません。

「イエスさま、あなたからお預りしている預金を夫は無駄なことに使ってしまったようです。申しわけありませんでした。今後は私がきちんと管理いたします。主人のことを許してください。私の不注意も許してください」

ただただ祈るしかありませんでした。その後も悲しみと辛さが後を引き、このときばかりは三つ撚よりの糸が切れました。

長男に状況を説明し相談し、こう言いました。

「お父さんとは、もうやっていけそうにもないわね。さんざん苦労させせられて……」

私の愚痴に息子は、真顔になって、思ってもみなかったことを言ったのです。

「ぼくは父さんと母さんが別れるのだけは、絶対に嫌だよ。母さんがもっと、きちんと父さんを支えてあげればいいじゃないか。ちゃんと、面倒見てやれよ。夫婦はどんなことがあっても、別れてはいけないんだよ。これからも仲良くしてね」

本気になって言う長男の言葉に、私ははっとして、息子の顔をまじまじと見つめました。

私の味方になってくれるとばかり、思っていたのに意外な反応に、私も自分が間違った考えに囚われているのに気づかされました。

「そうだったわよね。お母さん一人では、あなたたち二人は育てられてなかったわ。お父さんは家族のために働いてくれているんだものね。ストレスだって溜まるよね。疲れていたのかもね」

「きっとそうだよ。男は仕事で大変なんだから、かあさんの助けが必要なんだよ」

長男はもう一人前です。

夫よりも息子のほうが、ちゃんと育ってしまいました。

貯めていた一九〇万円は、泡となって消えましたが、この件で、自伝の本作りが遅れてしまったのでした。

気を取り直して、またこつこつ貯めるしかありません。

まずは挨拶から

私の朝は早いです。夏でも冬でも五時前には起きています。家の目の前のスーパーで一九九五年から働き続けています。続けてこられたのは、職場が近かったからでした。満員電車にゆられて通うのは、並たいていのことではありません。洋服にも気を使い、晴れのち曇り、雨も降る。

「中里さんは、いちばん近いからいいわね。今朝は家を出るのが辛かったわ」

同僚が言います。体調を崩してしまったのだとか。

私が働き続ける理由は、言うまでもなく『自伝を単行本にしたい』、という目標があるからです。本のために貯めたお金を夫が使ってしまったので、大げんかをしてしまいましたが、また一からのやり直しです。こつこつ貯めるしかありません。

私の仕事の部署は畜産部です。パートで四時間働きます。六時から仕事を始め、開店の十時までに入荷してきた品物を、陳列棚に見映えよく並べるのが私の仕事です。五段になった棚の下段に、右側からひき肉、牛肉、豚肉と並べ、鶏肉は一番最後に並べます。季節によっては、鍋物の材料も陳列し、加工品も加えます。

店で働く人たちの年齢はさまざまで、シルバー世代もいれば、主婦や中高年の男性、若者もいます。若い人はすぐ辞めますが、主婦の底力はすごく、忍耐力もあり簡単には辞めません。そんな中のひとり、F君と組んで仕事をするようになりました。私とは親子ほど年が離れていて、二十五歳くらいにみえるが、どこか弱々しそうな細い体型をしています。若いのに元気がないのはなぜでしょうか。

ふと気がつくと、彼は出勤してきても挨拶をしないのです。効率よく仕事が始められるのは、気持ちのよい挨拶からだと私は思っています。私は何度も言葉かけをするのですが、彼からの返事はありません。

不愉快な思いをさせたのだろうかと、内省してみましたが、心当たりはありません。返答がないからといって、いままで通りのよい習慣を止めるわけにはいきません。これからも一緒に仕事をやっていかねばならないのですから。

彼は人と話をするのが面倒なのかもしれない。または内気な性格なのか、入ってきたばかりで、慣れないのかも。それともおばさん相手じゃつまらないと考えているのか、真意はわかりません。でも反応がなくても、言葉かけは続けました。

「おはよう、Ｆ君」

「……」

二週間が過ぎたころ、聞き取れないような小さな声が返ってきました。さらに一か月続けてみると、はにかむように返事をしてくれるようになりました。彼は照れ屋さんだったのでした。けれども自分からは決して声はかけない。継続するしかありません。私は気合いを入れて、彼の目を見て、大きな声ではっきり言うよう心掛けました。

ある朝、Ｆ君のほうから、

「おはようございます」

と、はっきりした声で言ってくれました。それにその目が笑っています。心が通じ合った瞬間だと思いました。

入荷してくる荷物は、肉の入ったかごが何段も積み重ねられたもので、私の背丈以上もあるものばかり。その日をはずみに彼は、

「ぼくが下ろしますよ」

私が仕分けしやすいように、中段まで下ろしてくれます。一度覚えた仕事は忘れず、どうしたら早く

できるのか、考えながら進めています。頭が良くて優秀なのです。前日残った品物は、廃棄しなければなりません。Ｆ君と、処分の仕方をパソコンに打ち込む作業に入りました。教える私がもたついていると、

「多分このボタンだと思いますよ」

「機械操作は苦手なのよね」

「じゃ、ぼくがやっておきますよ」

このごろではすっかり、私のほうが助けてもらうようになりました。

彼は夜間大学で勉強していて、将来は司法書士をめざしていると、働く合間に話してくれました。行く手にはっきりとした目標をもって、いまのバイトに打ち込んでいます。頼りなげだと外見だけで、判断してしまったことを恥じました。

すべての品物を、並べ終えると私とＦ君は作業場に入り、他の仲間とともに次の作業に取りかかります。十時五分前になると、開店前のチャイムが鳴り、女性の声で放送が始まります。片づけを手早く終えると私は、

「お先に失礼します」

あいさつをして上がります。みんなが口々に、

「お疲れさまでした」

と、労をねぎらってくれます。その中でもＦ君の声がひときわ大きく飛んでくるようになりました。

家に帰ってくると、私は昼ごはんを食べ終わってから、原稿の見直しにかかります。そして、いつ単行本にするのか、いつできるのかに思いを馳せます。時々、お金の貯まり具合を通帳で見ながらの生活でした。

舟から出なさい

マタイの福音書十四章22節~29節に、水の上を歩いた人のことが書かれています。えっ、水の上を歩く人なんて、誰もいません。不可能です。水の中を魚のように泳ぐ人はいますが、水の上を歩く人はいません。

ところが歩いた人がいたのです。

その人の名はペテロでした。

ペテロは、イエスの十二人の弟子のひとりで、常に筆頭でした。よく失敗もしましたが、世界中でただひとり、水の上を歩くという大いなる体験をしたのは、ペテロだけでした。

ペテロは他の仲間と毎日、ガリラヤ湖に出て魚を捕っていましたから、湖のことや風や嵐についても熟知していました。ペテロは漁師です。

ある日の夕方、イエスの命令で弟子たちは舟に乗り込み、向こう岸へ行く途中、暴風雨に出会い、舟は前に進むことができなくなりました。

イエスさまは、舟にはおられませんでした。弟子たちが恐怖に襲われているところへ、イエスは水の上を歩いて、弟子たちを助けに行こうとされました。ところが、弟子たちは「あれは幽霊だ」と勘違いをして、よけいに脅えてしまったのです。

それがイエスだとわかると、ペテロは「イエスさま、もしあなたでしたら私に、水の上を歩いて、ここまで来いとお命じになってください」と大胆なことを言ったのです。

イエスは「来なさい」と言われた。ペテロはイエスさまだけを見て、水の上を歩いてイエスのほうに行ったのでした。何歩あるいていったのでしょうか。

その途中、ペテロは風を見て、怖くなり、からだが沈みかけたので叫び声を上げ「主よ。助けてください」と言ったのです。するとイエスはすぐに手を伸ばして、ペテロに言われた、「信仰の薄い人だな。なぜ疑うのかと」と。

二人が舟に乗り移ると、風がやみました。


いよいよ私の自伝が出版の時期となりました。出版することは、私にとって、舟から出ることを意味しているのです。それまでは、信仰の小舟の中で、私は自伝を書いていたのです。その私に、時期が来たので、イエスさまは「舟から出なさい」とおっしゃっているのです。舟から出て、水の上を歩いて、ここまで、私のところまで来なさい、とおっしゃっているのです。舟から出て、水の上に足を降ろすことは、物凄く怖いことでした。

と言うのも、二十代のころ、社員旅行で海へ行ったとき、みんなで波打ち際ではしゃぎ回っていると、大波が来て私は、遠くへ流されてしまったのです。

次の年の夏も海へ。やはり皆でボートに乗り込み沖の方へ出ました。ボートの中で立って遊んでいると、大波が来て、舟は大きく揺れてしまって、なぜか私のからだだけがぽーんと、海の中へ放り出されてしまったのでした。他の人たちは泳げたのです。

息は苦しくなり、もがくほどからだは沈んでいきます。目に耳に口にも水が入ってきます。苦しいですから何かを必死で掴もうとしました。ちょうど目の前に、サンダルが浮いていたので、掴もうとしましたが、だめでした。

「溺れる者は藁をもつかむ」の諺通りの体験でした。二回も死にそうになったのです。そのときの体験は恐怖そのものでした。幸い周りにいた人たちが数人で助けてくれました。

それ以来、水が怖くなり、海へは絶対に行かなくなりました。水のある場所や川のそば、あるいは足場の悪い危険な場所には、近づかなくなりました。「石橋を叩いて渡る」という私の生き方に拍車がかかり、さらに用心深くなったのです。

こんな恐怖体験のある私に、イエスさまは「舟から出て、水の上を歩いて、私のところまで来なさい」とおっしゃるのです。イエスさまは湖の上に立っておられます。舟から降りれば間違いなく、私のからだは沈んでいきます。

さながらこれは、信仰という冒険への招待なのです。勇気を出して、舟から出て、水の上に降りなければなりません。

神からの召命でもあります。自分史を単行本にして出版したい。神の国の拡大のために、すべてを投げ打って投資する行動は、私の最初にして、最後のチャンスなのです。

舟の中にいたのでは、変化も成長もありませんが、正直言って、無難に過ごし、静かな余生を送ると考えていたのも、また事実でした。舟の中は居心地もよく安心です。そうは言っても、安全だという保証は何もありません。

イエスさまに従って、舟から出れば、危険が伴います。恐れがあります。出版すれば世間の目がありますす。正直なところ世間の目がいちばん怖いものです。それでも危険を犯してでも、イエスさまの招きの、冒険への道を選び取りたいと、私は思いました。

ペテロのように、風を見て、沈みかけるときがあるかもしれません。そうであっても失敗を恐れないで、水の上を歩く、という新しい領域に踏み出したいと思います。前途に何が、待ち受けているのかもわかりません。この世は、嵐が吹きまくっている場所でもあります。

本にする決心がついたのは、第八十回コスモス文学新人賞（ノンフィクション部門）を頂いたからです。これは私の大きな力となり、追い風となりました。

「賞をもらったわよ！　奇跡が起こっちゃったわね」

「ほんとうだな」

夫も一緒に喜んでくれて、社会的評価も頂いたのが私の力となりました。

早速、都内の出版社へ電話を入れ、原稿を持って本にしたいと申し出たのは、二〇〇八年三月下旬のことでした。期待して待っていました。それなのに、やはり一か月を過ぎても、出版社からは何の連絡もありません。

いささか気になり始め、夫に相談すると、

「もう少し待ってみろ、出版社だっていろいろ都合があるんだよ。いま検討してるんだろ」

「でも、神さまの時期が来たから、行動してるのに、どうなっているのかしらねぇ」

五月の連休が過ぎてから、電話をしてみたらと言うので、夫の言う通りひたすら待ちました。

連休も終わり、街全体が仕事に向かって動き出していくさなか、良い返事が来る、と信じて出版社へ電話を入れると、

「お預りしている原稿は、当社では本にするかどうか、まだ決定しておりませんので、もう少しお待ちください」

「……そうですか」

先般、二回も断られているので、待つことや断られることには慣れている私です。

（なぜ、そんなに時間がかかるのかしら）

それから、さらに待ち時間となり、一か月後、電話を入れると、「当社では本にすることはできませ

ん」とはっきり断られました。が、がっかりしている暇はありません。次に進みました。

今度は、心当たりのあるところへ手紙を書きました。時間をかけて、心を込めて注意ぶかく文を認めましたが、空振りもいいところでした。
三、四日で返事が来ましたが「単行本についての手紙をいただきましたが、誠に申しわけありません。こちらでは単行本の制作はしておりません。原稿は、今後、必要になると思われますので、お返し致します」と書かれていました。とりわけ「原稿は今後、必要になると思われますので」との配慮ある言葉が希望につながりました。
（おかしいなあ。イエスさまが時期が来ていると教えてくださったのに、なぜ断られるの）

次の手立てがわからなくなり、五日ほど一人で途方に暮れていました。


次の日曜日は、二〇〇八年六月二十三日です。出版社から断られっぱなしで、疲れていたこともあり、礼拝は休もうかな、と考えていました。

夕飯の支度に取りかかり、食事も終わり、ゆっくりしていました。すると夜の八時ごろ、急に、

（明日はどうしても、教会に行かなければならない）

という気になぜかなったのです。誰かに後ろから、力強く押されたような感覚でした。なぜ急に、行かなければと思ったのかは、わからぬままです。

私は東京・杉並区にある教会へ通っています。その日は二〇〇八年、六月二十三日は日曜日です。礼

拝後、主任教師の土屋先生が、ご自分の本を出版しましたとの発表がありました。私は先生の傍近くに寄って、話をしました。

「先生、私も自伝を出版したいと思って出版社に行きましたが、全部断られました」

　すると先生は、

「ちょっと待っててね」

と言って牧師館の中へ。すぐに出て来られると、その手には新聞を持っておられたのです。

　私に新聞を見せて、

「文芸社に原稿を送ってごらんなさい。いまがちょうど良い機会かもしれませんよ」

　なんと早い対応なのでしょう。

　家に帰り新聞を開いてみると、下段には、

「あなたの原稿を本にします。お送りください。ジャンルは自由です。あなたにしか書けない一冊のために、経験豊富なスタッフが執筆と出版のお手伝いを致します。

〆切りは二〇〇八年六月三十日まで！」

　それでわかったのです。

〆切りが迫っていたのでした。私がこのいい機会を逃すことがないようにと、「六月二十三日の日曜日は教会に行きなさい」と、背中を押してくださったのはイエスさまでした。

すぐに原稿の用意をして文芸社に送りました。

一週間ほどして文芸社から電話がありました。男性の声です。

「原稿を送ってくださってありがとうございました。検討させていただきますので、もうしばらくお待ちください」

（まあっ、なんてさわやかな声だこと！）

私は文芸社のこの方の声を聞いて、確信を持ったのです！

（今度こそ大丈夫、きっと本になるわ）

それから一週間が過ぎて、大きな封筒が送られてきました。書面には季節のご挨拶と「作品講評」、編集者の方々の感想文が書き記してあり、その評価にどんなに心が和んだことでしょうか。

加えて、本を作る手順と日程、つきましては詳しくお話しいたしますので、お越しくださるようにと書かれていました。

文芸社には五回足を運びました。

企画担当者、編集者の方々の手を経て二〇〇九年二月十五日、私の自分史が出版の運びとなったのです。いままでの苦労が報われた瞬間でもありました。

あとがき

夫婦とは適法の婚姻をした男女の身分であり、一人の男と一人の女が法的にも正しく結婚して、一つ屋根の下に住むということです。夫婦であっても人格は別々。そして男と女なのです。

何度も切れそうになる夫婦の糸。問題にぶつかるたびにすれ違うことになる、感情のもつれ。人格に未熟さゆえもあって、共有できない心の行き違いなどがありました。泣いたり笑ったり不機嫌になったり、慰めや励ましもあって、悲喜こもごもの人生でした。で、終わったのでは結婚した意味がありません。

人の人格は、歳とともに成長してゆくことが、もっとも大切なことなのではないでしょうか。

私たちはイエスさまを信じている、クリスチャンですから、人格、性質、人柄は、イエス様のご性質に似るように、日々努力しております。

それはどのようなときに表わされるのでしょうか。人との対応のときや、家族では夫や子どもたちと接するときに、笑顔で穏やかな心で向き合うことができれば、それに越したことはありません。それらの感情は私の心の中から出てくるものであり、成人した大人のものです。

夫婦円満の秘訣は、各自の中にあるよい性質を認め合い、二人の仲にイエスさまを見ることです。

夫の家族を思う優しさの中に、息子たちを心配する気持ちの中に見ることができます。

具体的には、愛、喜び、平安、寛容、親切、善意、誠実、柔和、自制の豊な実が夫婦の中に育っていくことこそが肝要なのではないかと考えております。

著者プロフィール

中里 かなこ（なかさと かなこ）

1943年、三重県生まれ。
趣味は読書。

ふたりは一人

2020年 9 月15日　初版第 1 刷発行

著　者　中里 かなこ
発行者　瓜谷 綱延
発行所　株式会社文芸社
〒160-0022　東京都新宿区新宿1－10－1
電話　03-5369-3060（代表）
03-5369-2299（販売）

印刷所　株式会社フクイン

ISBN978-4-286-21914-1